ज्ञानेश्वरी प्रसाद

संकलनकर्ता

सुरेश 'भय्याजी' जोशी

प्रकाशक

प्रभात पेपरबैक्स

4/19 आसफ अली रोड, नई दिल्ली–110002

फोन : 23289777 • हेल्पलाइन नं. : 7827007777

इ–मेल : prabhatbooks@gmail.com ❖ वेब ठिकाना : www.prabhatbooks.com

संस्करण

प्रथम, 2020

मूल्य

पचहत्तर रुपए

अ.मा.पु.स. 978-93-90378-20-3

मुद्रक

आर–टेक ऑफसेट प्रिंटर्स, दिल्ली

★

GYANESHWARI PRASAD

Compiled by Shri Suresh 'Bhayyaji' Joshi

Published by **PRABHAT PAPERBACKS**

4/19 Asaf Ali Road, New Delhi-110002

ISBN 978-93-90378-20-3

₹ 75.00

अनुक्रम

ॐ

हम सभी भारतवासी बड़े ही भाग्यशाली हैं कि हमें 'श्रीमद्भगवद्गीता' जैसी श्रेष्ठ चिंतन-संपदा प्राप्त हुई है। महाभारत युद्ध के प्रथम दिन ही जो महान् उपदेश स्वयं भगवान् श्रीकृष्ण के द्वारा श्री अर्जुन को दिया गया, वह ज्ञान 'भगवद्गीता' के रूप में हम सबको महर्षि वेदव्यास के द्वारा उपलब्ध हुआ है।

हजारों वर्ष पूर्व प्रस्तुत किया गया उपदेश श्रोता-पाठक वर्ग को आज भी उतना ही प्रासंगिक लगता है। इसी से प्रस्तुत मार्गदर्शन की शाश्वतता, सार्वकालिकता और सर्वसमावेशिकता अधोरेखित होती है।

ग्रंथ में प्रस्तुत किए गए चिंतन का विश्लेषण कर सुधीजनों हेतु उपलब्ध कराने का श्रेष्ठ कार्य अनेक महानुभावों ने अपनी-अपनी शैली से किया है। इस श्रृंखला में 'ज्ञानेश्वरी' का अपना विशेष स्थान है। अत्यंत जटिल, कठिन चिंतन को अत्यंत सरल भाषा में, नित्य अनुभव में आनेवाले दृष्टांतों के साथ और तर्कशुद्ध पद्धति से संत ज्ञानेश्वर ने प्रस्तुत किया है। अनेक महानुभावों ने अर्वाचीन काल में इस चिंतन को और अधिक सरल कर अपनी वाणी-लेखनी के माध्यम से प्रस्तुत किया है। श्री लोकमान्य तिलक, श्री विनोबाजी, इस्कॉन के पू. प्रभुपाद भक्ति वेदांतजी, स्वामी चिन्मयानंदजी इत्यादि महानुभावों का इस संदर्भ में योगदान महत्त्वपूर्ण रहा है। जैन संप्रदाय के महान् आचार्यों के द्वारा भी इस चिंतन की प्रस्तुति समय-समय पर हुई है। आज यह ज्ञान विविध ग्रंथों के माध्यम से सुधीजनों को, ईश्वरभक्तों को, अध्ययनशील बंधुओं को उपलब्ध है।

प्रस्तुत संकलन में नया कुछ नहीं है। यह न विश्लेषण है, न समीक्षात्मक विवेचन है। अनेकानेक महानुभावों द्वारा प्रस्तुत की गई संकल्पनाओं को, उन्हीं के शब्दों को सरलता से प्रस्तुति का एक प्रयास मात्र है। मन की संतुष्टि के लिए यह प्रयास है, ऐसा कह सकते हैं। इसमें कुछ त्रुटियाँ होंगी, वे तो मेरे समझने की क्षमता की मर्यादा के कारण हैं। इस संकलन का अवलोकन करनेवाले पाठकों से मेरी प्रार्थना है कि संकलन में कुछ कमियों और दोषों को अवश्य बताएँ। प्रस्तुत संकलन मुख्यत: ज्ञानेश्वरी और पू. स्वामी चिन्मयानंद के व्याख्यानों के संग्रह के आधार पर है। इस प्रकार का संकलन करने में मुझे आदरणीय शंकरराव तत्त्ववादीजी, जिन्होंने श्रीमद्‌भगवद्‌गीता और ज्ञानेश्वरी ग्रंथों का अत्यंत गहराई से अध्ययन किया है, उनका मार्गदर्शन और सहयोग प्राप्त हुआ है। इसके लेखन-टंकण मुद्रण में श्री विमलजी गुप्ता का योगदान भी उतना ही महत्त्वपूर्ण है। अत: इन दोनों के प्रति कृतज्ञता प्रकट करता हूँ।

श्रीमद्भगवद्गीता प्रारंभ

हम भारतवासी बहुत भाग्यशाली है, हमें अपने पूर्वजों से श्रेष्ठ व मौलिक ज्ञान संपदा प्राप्त हुई है। वेद, उपनिषद्, पुराण, रामायण और महाभारत जैसे महाकाव्य ऐसे ग्रंथों के द्वारा यह ज्ञान आज हमें उपलब्ध है।

भगवान् श्रीकृष्ण द्वारा महाभारत युद्ध प्रारंभ के प्रथम दिन अर्जुन को जो ज्ञान प्राप्त हुआ, वही 'श्रीमद्भगवद्गीता' के नाम से प्रसिद्ध है। ग्रंथ रूप में इसकी रचना महर्षि वेदव्यासजी ने की, यह ग्रंथ भारत के चिंतन का परिचय करानेवाला ग्रंथ सिद्ध हुआ है। महात्मा गांधी कहते हैं—"गीता से मुझे शांति और संतोष मिलता है।" लोकमान्य तिलक कहते हैं—"श्रीकृष्ण अर्जुन का संवाद महाभारत के बीच बताते समय जितना ताजा था, वैसा ही आज भी हम अनुभव करते हैं।" स्वामी विवेकानंद कहते हैं—"गीता उपनिषदों के उपवन से चुने हुए आध्यात्मिक सत्यों के सुंदर पुष्पों का एक गुच्छ हैं।"

पूर्व काल में ग्रंथ निर्माण की पद्धति नहीं थी। गुरुकुलों में शिष्य अपने गुरुओं के द्वारा श्रवण करते थे और उन्हें कंठस्थ करना यही पद्धति हुआ करती थी। अध्याय के बाद अध्याय हुआ करते थे। एक अध्याय पूरा होने का संकेत और दूसरे अध्याय का प्रारंभ किसी चिह्न से होता था। उपनिषदों में अंतिम अध्यय का अंतिम मंत्र अथवा उसका दंश दोहराया जाता है। गीता में अध्याय की समाप्ति अध्याय क्रमांक और उस अध्याय के विशेष नाम से की गई है। गीता में प्रत्येक अध्याय के अंत में संकल्प प्रकट किया है। समग्र गीता की विषय-वस्तु को 'उपनिषद' कहा है। इसे अठारह अध्यायी 'गीतोपनिषद' कहा और प्रथम अध्याय की संज्ञा है 'अर्जुन विषाद योग'।

सभी धार्मिक ग्रंथों से एक शिक्षा प्राप्त होती है और वह है इस नित्य परिवर्तनशील सृष्टि के पीछे एक अविनाशी परमार्थिक सत्य है, जो सृष्टि का मूल स्वरूप है। हिंदू चिंतन में इसे 'ब्रह्म' कहा है। भारत में दर्शन तभी स्वीकार होता था, जब साधनों की भी चर्चा होती थी। जिससे साधक दर्शन के अंतिम लक्ष्य तक साधना से पहुँच सकता है। हमारे दर्शन शास्त्र के दो भाग है—तत्त्व-ज्ञान और योगशास्त्र। गीता को योगशास्त्र कहा गया है।

यह ज्ञानोपदेश स्वयं भगवान् श्री कृष्ण परम मित्र अर्जुन को दे रहे हैं। वह भी संघर्ष के मैदान में जब अर्जुन मानसिक दृष्टि से भ्रमित होकर, निराश होकर विषाद की अवस्था में है। प्रत्येक अध्याय के अंत में 'श्री कृष्णार्जुन संवाद' कहा गया। भगवान् द्वारा अर्जुन को दिया गया यह उपदेश है, यह बार-बार कहा गया है। अतः गीता में बताया गया योग मार्ग सीखना, समझना और जीना है तो साधक को आवश्यक है कि वह 'अर्जुनविषाद' की स्थिति की प्राथमिक साधना करें।

अध्याय-१

१. सार-असार : एक अदृश्य चैतन्य शक्ति है, ऐसा सभी स्वीकार करते हैं। अत: जो अनित्य हैं, उसके प्रति अनास्तित्व का भाव रहता है। नित्य-अनित्य का निष्कर्ष ज्ञानी समझते हैं, विनाशी-अविनाशी समझते हैं। उदा. निद्रा जागृति-स्वप्न, वस्त्र परिवर्तन के समान शरीर त्याग इत्यादि।

२. आत्मा का अमरत्व : शरीर और आत्मा भिन्न है। अग्नि-वायु कोई भी शस्त्र परिणाम नहीं कर सकता। आत्मा अचल एवं शाश्वत है और वह परिपूर्ण भी है। त्रयगुण विरहित है—अनादि, निराकार है और सर्वात्मक यानी सर्वव्याप्त है।

३. अन्य युक्तिवाद (तर्क) : सबकी उत्पत्ति, स्थिति और अंत—यह निरंतर है और सत्य है। अत: दु:ख और निराशा अनावश्यक है। उदा. घटिका यंत्र, गंगोत्तरी से गंगासागर प्रवाह का दर्शन है, परंतु जल एक नहीं है।

- कोई भी जन्म के पूर्व अमूर्त, बाद में व्यक्त और अंत में पुन: अव्यक्त रूप में जाता है। जो (शरीर) मूल में नहीं है, उसकी समाप्ति पर विलाप क्यों ?
- स्वधर्म का नित्य स्मरण आवश्यक है; यह त्याज्य नहीं है। इस बात का किसी प्रकार की भी परिस्थिति में विस्मरण न हो और विचलन भी न हो। स्वधर्म का पालन ही समस्त कामनाओं की पूर्ति करता है। युद्ध के बिना क्षत्रिय कैसे संभव!
- स्वधर्म छोड़ने से अपकीर्ति ही होती है। अपकीर्ति से जीवित रहने के बजाय मृत्यु ही श्रेयस्कर है।

- सुख में संतुष्ट और दुःख में खेद न मानें। अतः स्वधर्म पालन से जो प्राप्त होता है, उसे स्वीकार भी करें और सहन भी।

४. निष्काम योग बुद्धि अथवा बुद्धि योग : बुद्धि समर्थ, जाग्रत् है तो विविध प्रकार के कार्य करते हुए साधक कार्य के बंधन से मुक्त रहता है। जैसे युद्ध में कवच धारण करने से किसी शस्त्र का परिणाम नहीं होता, विजय-सफलता निश्चित प्राप्त होती है। ऐहिक सुख भी प्राप्त होगा और मोक्ष सुख भी फल की अपेक्षा रखते हुए करने में अधिक समाधान प्राप्त होता है। ऐसे में व्यक्ति जन्म-मृत्यु की कल्पना से भी मुक्त रहते हैं। विचारवंत, सद्बुद्धि की कामना करते हैं, यह दुर्लभ है और सामान्यतः कम दिखाई देता है।

□

अध्याय-२

५. दुर्बुद्धि : अविवेकी जन जहाँ विकार रहते हैं, वही रमते हैं। ऐसे लोगों को आत्मिक सुख कैसे प्राप्त होगा? श्रेष्ठ विचार प्रस्तुत करना, पूजा-पाठ, कर्मकांड आदि करना और स्वर्ग सुख प्राप्त करना; अन्य और कुछ भी सुख का मार्ग नहीं है, ऐसा ही वह मानते हैं। भोग के लिए अविवेकी लोग धर्म-कर्तव्य त्यागते हैं। ऐसों के चित्त में नित्य दुर्बुद्धि ही वास करती है। जिससे कर्म फल प्राप्त होता है, ऐसे वचनों में प्रीति रखते हैं। वेद वचन भी सत्त्व, रज, तम युक्त होते हैं, गुण त्रय से भी मुक्त रहना चाहिए। 'मैं', 'मेरा' यह भाव भी ठीक नहीं। वेदों से जो अपना हित करनेवाली बातों को लेना चाहिए। उदाहरणार्थ सूर्य प्रकाश में सभी मार्ग दिखाई देते हैं, पर अपने लिए योग्य कौन सा है, चयन करना पड़ता है। तालाब में पानी बहुत है, हमें चाहिए कि उतना ही हम लें, जितनी जरूरत है।

६. वेदांत विवेक : निष्काम कर्म, अतः स्वकर्म जो विहित कर्म है, उसे नहीं छोड़ना चाहिए। फल प्राप्ति हेतु कुकर्म नहीं, सत्कर्म ही करना चाहिए। फल की अपेक्षा रखना भी उचित नहीं होगा।

८. स्थितप्रज्ञ लक्षण : नित्यतृप्त, ज्ञानयुक्त मन, आत्मसंतुष्ट चित्त स्थितप्रज्ञ कहलाता है।

- रचना संयम : संयम न होने के कारण 'पुष्ट शरीर, जिह्वा-सुख' यही इच्छा सबल होती है। अतः शरीर भाव नष्ट हो, यही मार्ग है।
- इंद्रिय सामर्थ्य : नित्य यम, नियम पालन करना है, इंद्रिय दमन करने से प्रबल होते हैं। भोले-भाले लोग इंद्रियों के शिकार बनते हैं, यह

इंद्रियों का सामर्थ्य है। योग निष्ठा, आत्मबोध से युक्त और ईश्वर का नित्य स्मरण—यही मार्ग है।

- आत्म निष्ठा : राग-द्वेष समाप्त होने से इंद्रियों द्वारा प्राप्त सुख कोई बाधक नहीं बनता। मन की उदासीनता रख पाता है।
- बुद्धि की प्रसन्नता : जहाँ प्रसन्नता, वहाँ सांसारिक दु:खों से मुक्ति संभव। अंत:करण में अमृत भाव रहेगा तो भूख-प्यास का कष्ट नहीं होता है। हृदय प्रसन्न रहे तो दु:ख नहीं होता है। वैसे ही स्थिरबुद्धि वाला व्यक्ति निष्कंप दीप समान रहता है।
- शांति के लिए स्थिरबुद्धि : विषयपाश के बंधनों से मुक्त नहीं है तो स्थिरबुद्धि कैसे संभव है। ऐसे व्यक्ति को उसके प्रति आस्था भी नहीं होती है और यदि स्थिरबुद्धि नहीं तो शांति भी संभव नहीं; जैसे—पापी व्यक्ति मोक्ष प्राप्त नहीं कर सकता। जिसने मन और इंद्रियों पर विजय प्राप्त नहीं की, वह निश्चयात्मक बुद्धि वाला नहीं बन सकता और शांति निश्चयात्मक बुद्धि के बिना संभव नहीं। इसलिए कहा गया कि जो इंद्रियजयी है, वही स्थितप्रज्ञ है।
- ऋद्धि-सिद्धि विषयों के प्रति तुच्छता भाव : समस्त भोग व्यक्ति में किसी प्रकार के विकारों को प्रोत्साहित करते हुए विचलित नहीं कर पाते, वही स्थितप्रज्ञ कहलाता है और परम शांति को प्राप्त करता है।

□

अध्याय-३

१. दो निष्ठा : निष्काम कर्म और ज्ञानयोग, साध्य एक परब्रह्म और निर्वाण प्राप्ति—ये दोनों निष्ठाएँ ईश्वर ने ही बताई हैं और यह अनादि हैं, सिद्ध हैं। ज्ञानयोगी सांख्य शास्त्रानुसार अनुष्ठान से ईश्वर से तद्रूप हो जाते हैं, जैसे उन्हें परब्रह्म क्या है, समझ में आता है; और कर्म करते हुए व्यक्ति निर्वाण को प्राप्त होता है। ये दो भिन्न मार्ग हैं, परंतु अंत में समान अथवा एक हो जाते हैं। जैसे किसी भी दिशा से आनेवाली नदियाँ सागर में समा जाती हैं। ज्ञानमार्गी विहंगम मार्ग से और कर्मयोगी शास्त्र सम्मत आचार करते हुए मोक्ष प्राप्त करते हैं; जैसे—पक्षी और मनुष्य का वृक्ष से फल प्राप्त करने के मार्ग भिन्न-भिन्न हैं।

२. जीवनमुक्त लक्षण : बाह्य रूप से अन्यों के समान ही रहता है। प्राप्त कर्म जो उचित है, न नकारते हुए करता है। कर्मेंद्रीय सक्रिय रहते हुए विकार भाव से मुक्त रहता है। जैसे पद्मपत्र जल में भीगता नहीं है, सामान्य ही रहता है, वही साधक मुक्त होता है। मन से संयमित और अविचल रहकर वह जो कुछ उपभोग करता है, वही सुखी होता है।

३. स्वधर्म बिना जीवन व्यर्थ : यह शरीर प्राप्त हुआ तो स्वाभाविक ही कुछ कर्तव्य भी आए। मनुष्य जन्म प्राप्त हो और कार्य करने से दुःख हो, यह मूर्खता है। जैसे अज (बकरा) के गले में स्तन व्यर्थ होते हैं, वैसे ही जो स्वकर्तव्य पालन नहीं करते, उनका जीवन व्यर्थ ही कहलाता है। कर्मलिप्त न होते हुए कर्म करनेवाला संतुष्ट रहता है। वह कर्म बंधन से मुक्त रहता है। जब तक यह बोध न हो, तब तक साधना करनी पड़ती है। अपेक्षा रहित रहकर जो स्वधर्म यानी स्वकर्तव्य का पालन करेगा, वह मोक्ष प्राप्त करेगा। स्वकर्म

से आस्था भी आवश्यक है। अन्यों को भी इस प्रकार के उदाहरण-प्रस्तुति से प्रेरणा प्राप्त होती है। अत: खुद जानकर वह आचरण नहीं करेंगे तो अन्यों को मार्ग कौन बताएगा!

४. ज्ञानी लोगों के कर्तव्य : ज्ञानी धर्म पालन नहीं करेंगे तो समाज-व्यवस्था नष्ट-भ्रष्ट हो जाएगी। फलापेक्षा से कार्य करनेवालों के समान निष्काम को कर्म करनेवालों को कर्म को महत्त्व देना चाहिए।

- जो कार्य करने में असमर्थ हैं, उन्हें मज़ाक में भी ज्ञान की श्रेष्ठता बताना उपयोगी नहीं होगा। उन्हें तो सत्कर्म ही सिखाना चाहिए।
- लोक-संग्रह के उद्‌देश्य से कर्म करने से कर्म-बंध का दोष नहीं लगता।
- ज्ञानी व्यक्ति, कर्म से उत्पन्न विकार, देहाभिमान से मुक्त रहकर केवल साक्षी भूत रहते हैं; जैसे—सूर्य अन्यों के कर्म से बाधित नहीं होता।
- कर्म करना और 'ईश्वरार्पण' करना है। जो कर्म करके कर्म रहित रहते हैं, वे ही आचरण योग्य रहते हैं, अनुकरणीय बनते हैं।

५. क्रोध का सामर्थ्य : ज्ञानी व्यक्ति होते हुए भी भय का कारण बनता है। मन से रजो गुणी बनता है, वे अविद्या से तृप्त होते हैं; तमोगुण प्रिय हो जाते हैं। इनकी इच्छाएँ पूर्ण होने से भूख बढ़ती रहती है। सब मेरी मुट्‌ठी में है, ऐसी भ्रांत कल्पना का पोषण होता है। मोह, अहंकार, सत्य से दूर, अशांति इत्यादि से अच्छे-अच्छे भी ग्रस्त हो जाते हैं। निग्रह, संतोष, धैर्य, आनंद—ये गुण क्रोधी व्यक्ति में दिखाई नहीं देंगे। ऐसे लोग जल-अग्नि बिना, अबोल रहकर सामनेवाले को बिना किसी शस्त्र के समाप्त करते हैं। बिना कीचड़ के गाड़ सकते हैं और बिना रस्सी के बाँध सकते हैं। क्रोध का जन्मस्थान रजोगुण है, इसकी भूख कभी मिटती नहीं, यही मनुष्य का शत्रु है। क्रोध का केंद्र इंद्रिय मन और बुद्धि है और क्रोध ज्ञान को पीछे ढकेलकर व्यक्ति को मोहित करता है। प्रयत्नपूर्वक ही इससे बचा जा सकता है, श्रेष्ठ आत्मा को जानकर बुद्धि के द्वारा मन को नियंत्रित करके ही क्रोध-काम पर विजय प्राप्त हो सकती है।

□

अध्याय-४

१. चातुर्वर्ण व्यवस्था : गुण और कर्म का विभाजन करते हुए प्रकृति रूपी ईश्वर ने इसका निर्माण किया है। मूल में सब एक समान है। गुण कर्मानुसार वर्ण-भेद व्यवस्था का निर्माण हुआ, जो प्रकृति द्वारा निर्मित नहीं है, ईश्वर निर्मित नहीं है।

२. कर्म और अकर्म : सामान्यत: शरीर के द्वारा होनेवाली क्रियाओं को 'कर्म' और क्रिया के अभाव को 'अकर्म' समझते हैं। परंतु शास्त्र के दृष्टि से कर्म और अकर्म के लक्षण भिन्न होते हैं। शरीर द्वारा व्यक्त होनेवाली क्रियाओं तक कर्म सीमित नहीं है। कर्म स्वयं में न अच्छा होता है, न बुरा। अत: कर्म का उद्देश्य ही उसका स्वरुप निश्चित करता है। इसलिए कर्म और अकर्म के विवेक को लेकर विद्वान भी संभ्रमित रहते हैं। विश्व निर्माण का ईश्वर का संकल्प ही तत्त्वत: कर्म है।

- सृष्टि चक्र के अनुकूल व्यवहार ही कर्म है; जो ऐसा नहीं करता, वह पापी माना जाता है।
- जो आत्मा में तृप्त और संतुष्ट रहता है, उसके लिए कोई कर्तव्य शेष नहीं रहता। ऐसे व्यक्ति कर्म करें अथवा न करें, कोई कारण शेष नहीं रहता।
- आसक्ति से मुक्त रहकर कार्य करनेवाला श्रेष्ठ होता है और मोक्ष प्राप्त करता है।
- जीवन क्रियाशील है। क्रियाशील जीवन से ही उत्थान अथवा पतन होता है। प्राचीन चिंतकों-मनीषियों ने समस्त संभाव्य कर्मों का

अध्यन किया, वे चाहते थे जीवन का मूल्यांकन पूर्ण रूप से हो।

- जीवन है तो कर्म और अकर्म है। कर्म को २ हिस्सों में प्रस्तुत किया करने योग्य और त्याज्य, यानी निषिद्ध कर्म।
- करने योग्य कर्म के ३ प्रकार—दैनिक, नैमित्तिक और काम्य, यानी इच्छा की प्रेरणा से होनेवाला कर्म।
- आत्म विकास के लिए अकर्म का सर्वथा त्याग और कर्तव्य कर्म का सभी परिस्थितियों में पालन करना चाहिए।
- जो कर्म में अकर्म और अकर्म में कर्म देखता है, वह मनुष्यों में बुद्धिमान होता है।

३. ज्ञानी पुरुष के लक्षण : कर्म करते हुए निष्कर्म भाव रखता है। फल के प्रति उदासीन, अनुत्साही रहता है। योग्य नियमों का पालन कर कार्य करता है। सर्व आवश्यक कार्य करते समय अस्थैर्य है, वह ऐसा जानता है। कर्म से परे जिसमें यह भाव जाग्रत् रहता है, वह ज्ञानी है।

- मैं यह कार्य कर रहा हूँ, मैं ही इसे पूर्ण करूँगा—यह संकल्प भी जिसके मन में नहीं रहता है। विविध आशा-अपेक्षाओं के साथ अहंकार को भी दूर रखता है, मत्सर और निर्मत्सर भाव से मुक्त, कर्मभाव से लुप्त होकर शास्त्र के अनुसार कर्म करता है, यही ज्ञानी पुरुष के लक्षण हैं।

४. ज्ञान का सामर्थ्य : व्यामोह, विश्व भ्रम की समाप्ति ज्ञान के समान पवित्र, चैतन्य, सूर्य के समान तेजस्वी अन्य कुछ नहीं। जैसे अमृत के समान अमृत, वैसे ज्ञान के समान ही ज्ञान।

५. श्रद्धावान : भौतिक सुख से ऊबकर जो आत्मिक आनंद की अनुभूति लेगा, वह व्यक्ति श्रद्धावान होने से ही ज्ञान से ओत-प्रोत होता है। ज्ञान से, शांति से आत्मबोध होता है; परिणामत: अपना-पराया का भाव समाप्त होता है।

६. अज्ञानी और संशयात्मा : आत्मज्ञान की इच्छा का अभाव मृत्यु के समान है। ज्ञानी नहीं, परंतु जो ज्ञान प्राप्ति की इच्छा रखता है तो कुछ संभव है। आस्था और इच्छा नहीं है तो वह नित्य ही संशयात्मक स्थिति में ही रहता है।

जो संशयग्रस्त है, वह नष्ट होने के मार्ग पर है। वह किसी प्रकार की आंतरिक और बाह्य परिस्थिति समझ ही नहीं सकेगा। सत्य-असत्य, अनुकूल-प्रतिकूल, हित-अहित समझ नहीं पाएगा।

ऐसे संशयात्मा संग करने योग्य नहीं होते, यह उनके अज्ञान के ही कारण है, यह समझना चाहिए। साधन एक ही है—ज्ञानी बनना।

□

अध्याय-५

१. संन्यास एवं कर्मयोग अभिन्न : जो अज्ञानी है, वह कर्मयोग और संन्यास को दो विषय मानते हैं। जिन्होंने अनुभव लेकर परम तत्त्व पहचाना, वे अभिन्न मानते हैं। जिसने आत्मस्वरूप देखा और सांख्य-योग समझ लिया, वे अभिन्नत्व जानते हैं। कर्ममार्ग से व्यक्ति शीघ्रता से मोक्ष-द्वार पहुँचता है। जो कर्ममार्ग छोड़कर संन्यास पथ पर चलते हैं, उनकी प्रगति कभी नहीं होती। जो व्यक्ति कार्य-कर्म-कर्ता के भाव से मुक्त रहकर सबकुछ करता है, वह अकर्ता ही होता है।

२. करके भी अकर्ता : अन्यों के समान आँखों से देखता है, कानों से सुनता है, परंतु अलिप्त रहकर शरीर से सबकुछ करता है। आहार-विहार, निद्रा, स्पर्श, गंध सब चलता है, परंतु उसमें मेरा कोई कर्तृत्व नहीं लगता, ज्ञान से जागरण हुआ, परंतु वह स्वयं को कर्ता नहीं मानता, वह कर्म-बंधन से मुक्त होता है।

३. शरीर कर्म : कर्म में बुद्धि अथवा मन की किसी प्रकार की भूमिका नहीं रहती, उसे शरीर कर्म कहते हैं। पंचमहाभूत निर्मित यह शरीर जब निद्रा की अवस्था में रहता है, तब स्वप्न के समान अपना मन व्यवहार करता है।

४. मनो व्यापार : अवयवों के, इंद्रियों के बिना जो होता है, उसे सुज्ञजन मनो व्यापार कहते हैं।

५. इंद्रिय व्यापार : जो-जो बिना वजह होता है, वह इंद्रिय कर्म; जो सोच-समझकर होता है, वह बुद्धि का कर्म होता है। जो जानबूझकर मन और बुद्धि से कार्य करते हैं, ऐसे योगी कर्मातीत रहकर मुक्त रहते हैं। उन्हें अहंकार

का स्पर्श भी नहीं होता और वे अत्यंत शुद्ध भाव से रहते हैं, वही वास्तव में निष्कर्म है।

६. ज्ञानी और संसारी : संन्यासी कर्म करेगा, परंतु फल की, परिणाम की अपेक्षा नहीं रखता। और संसारी व्यक्ति के लिए कामना ही कर्म करने की प्रेरणा रहती है। एक का भाव अकर्ता का है तो दूसरे का भाव अपेक्षाओं से भरा रहता है। जो कर्म में लिप्त न होकर उदास भाव से कर्म करता है, वह संन्यासी है।

७. ब्रह्म ज्ञानी : ब्रह्म ज्ञानी मानता है कि यदि ईश्वर और मैं एक है तो यदि ईश्वर अकर्ता तो मैं भी अकर्ता। बुद्धि से, आत्मज्ञान से जो स्वयं को ब्रह्मरूप मानता है और ब्रह्मनिष्ठ और ब्रह्मपरायण बनता है, उसमें ज्ञान की व्यापकता आती है, तब वह सम दृष्टिवान रहता है।

८. समदृष्टि : ज्ञानी व्यक्ति की दृष्टि सभी की ओर देखने की 'सम' हो जाती है। उसे सर्वत्र विद्यमान दिव्य आत्मतत्त्व का ही दर्शन होता है। जाति, नर-पशु, विद्वान्, निर्बुद्ध आदि इस प्रकार के बाह्य भेद उसकी दृष्टि से समाप्त हो जाते हैं। जो व्यक्तिगत राग-द्वेष के आधार पर किसी से भेद नहीं करता, उसे ही ज्ञानी जन कहा है।

९. आत्मसुख : बाह्य साधनों से प्राप्त होनेवाले सुख-आनंद-समाधान के प्रति आश्वस्त, अनासक्त रहनेवाला व्यक्ति ही आत्मसुख प्राप्त करता है। जिन्होंने आत्मसुख का अनुभव ही नहीं किया है, वे ही बाह्य साधनों में सुख ढूँढ़ते हैं। पोषक आहार छोड़कर जो निकृष्ट अन्न में आनंद मानते हैं, वे दरिद्र ही होते हैं।

१०. विषय सुख : भौतिक साधनों में तथा इंद्रियों द्वारा प्राप्त होनेवाले अनुभव में ही सुख की अनुभूति करते हैं, यह सर्वथा अयोग्य है। ऐसे सुख आदि-अंत वाले हैं। विषयुक्त मिष्ठान्न किस काम का? नाग के फन से मिलनेवाली छाया क्या चूहे को शीतल लगेगी? हम भौतिक वस्तुओं से अधिक आनंद प्राप्त हो—इस उद्देश्य से उनके आगे-पीछे दौड़ते रहते हैं, स्वयं को थका लेते हैं। अज्ञान में कितने हीन कर्म भी कर लेते हैं, जबकि शुद्ध, दिव्य और पूर्ण आनंद तो आंतरिक संतुष्टि में ही है।

११. आत्मानंद : आत्मानंद शब्दों में वर्णन करना असंभव है। जो आंतरिक आनंद का अनुभव करता है, कालांतर में वही स्थिर हो जाता है। यह आनंद अविनाशी और असीम है, अमर्यादित है। सामान्यतः व्यक्ति शारीरिक उपभोग, भावनात्मक आनंद और विचारों से समाधान प्राप्त करता है। आत्मा का आनंद इससे भिन्न है। काम-क्रोध से मुक्त होकर ही व्यक्ति इसका अनुभव ले सकता है।

□

अध्याय-६

१. गुरु कृपा : जो बुद्धि द्वारा समझना कठिन हो, ऐसा ज्ञान गुरु कृपा से प्राप्त होता है। जो सामान्य नेत्र से दिखाई नहीं देता और नेत्रहीन भी देख सकता है, ऐसा इंद्रिय क्षमता के परे होता है, उसे अतींद्रिय भी कहते हैं। ऐसा ज्ञान गुरु कृपा से प्राप्त होता है। यश, श्री, औदार्य, ज्ञान, वैराग्य और ऐश्वर्य—ये सब प्राप्त होता है।

२. योगी और संन्यासी : शब्द दो परंतु तत्त्वत: एक ही हैं। ब्रह्म दृष्टि से दोनों में कोई अंतर नहीं है; जैसे—किसी एक व्यक्ति के दो नाम होते हैं अथवा दो मार्ग हैं, गंतव्य एक है। भिन्न-भिन्न बरतनों में जल भरने से जल अलग नहीं होता है। इतना ही है कि बरतन, मार्ग, नाम अलग हैं। पृथ्वी में निर्मिति का अहंकार नहीं होता, वृक्ष फल देते हैं, नदी जल देती है, सूर्य से प्रकाश प्राप्त होता है, परंतु निरपेक्ष भाव से जो ऐसा होता है, वही संन्यासी अथवा योगी होता है।

३. संकल्प त्याग : साधक के लिए निष्काम कर्म यह साधना है, मन पूर्ण रूप से संयमित हो जाए, पश्चात् ही कर्म से संन्यास संभव है। मनरूपी अश्व पर आरूढ़ व्यक्ति के बाह्य और आंतरिक लक्षण प्रकट होते हैं। ऐसा साधक किसी भी प्रकार के आकर्षणों से विचलित नहीं होता, ऐसी अवस्था प्राप्त होने के बाद भी संभव है कि मन में संकल्प-विकल्प की भावना जाग्रत् हो सकती है। ऐसी जागृति अधिक घातक सिद्ध हो सकती है। अत: विचार-भावना जिस संकल्प से उत्पन्न होती है, साधक साधना से उस संकल्प-भाव से ही मुक्त हो।

४. आत्मोद्धार : मनुष्य को अपना उद्धार स्वयं ही करना चाहिए। अधोपतन से स्वयं को सुरक्षित रहना है। आखिर 'मैं' ही मेरा मित्र और शत्रु हूँ; जैसे—रेशम कीट स्वयं ही स्वयं का शत्रु बनता है। जो अधिकाधिक संकल्प करता है, वह ही स्वयं का शत्रु बनता है। अनावश्यक अभिमान से जो स्वयं को मुक्त रखता है, वही स्वयं बुद्धि से चलता है; अन्य किसी के द्वारा यह संभव नहीं। आत्मोद्धार का मार्ग नितांत अकेले चलने का मार्ग है। गुरु, शास्त्र, साधना स्थल का प्रभाव होता है, परंतु अपनी असत्य धारणाएँ, अवगुण इत्यादि से मुक्त होने का कार्य तो स्वयं को ही करना है।

५. निर्द्वंद्व अवस्था : साधना से, संकल्प-अभाव से जो मुक्ति पाता है, वह जीवन में श्रेष्ठतम बन जाता है। व्यापक बनता है, भेद समाप्त हो जाते हैं। देह का अहंकार मिट जाता है तो बाह्य जलवायु के परिणाम से, सुख-दुःख की कल्पना के परे पहुँच जाता है। मान-सम्मान, शुभ-अशुभ इन बातों का परिणाम नहीं होता। क्रमशः मिट्टी और सुवर्ण अथवा पत्थर और मूल्यवान रत्न—यह भेद दृष्टि भी समाप्त हो जाती है। ऐसी निश्चिंतता आती है, तब निर्द्वंद्व अवस्था निर्मित होती है।

६. सम बुद्धि : जगत् केवल जड़ वस्तुओं से निर्मित नहीं है। साधक साधना के मार्ग पर बढ़ता है तो सारा विश्व एक लगने लगता है। अपना-पराया, ऊँच-नीच, शत्रु-मित्र—ये समस्त भाव समाप्त हो जाते हैं। अलंकार भिन्न, परंतु सोना तो एक ही है, आकारों की भिन्नता कष्ट नहीं देती। वस्त्र का सूत ही दिखाई देता है, वस्त्र और तंतु में कुछ भेद नहीं लगते। ऐसा व्यक्ति सभी के साथ समान व्यवहार करता है। साधु और पापी, श्रेष्ठ-कनिष्ठ, उत्कृष्ट-निकृष्ट—ये भेद भी समाप्त हो जाते हैं। वह जानता है कि एक ही आत्मा सर्वव्याप्त है; जैसे—शरीर में पीड़ा किसी भी अंग में है, देखने का भाव एक ही रहता है।

७. मनः शांति : मन का स्वभाव है किसी-न-किसी विषय का चिंतन करना। उत्कृष्ट लक्ष्य का ज्ञान होने तक वह विषय का ही चिंतन करता है और विषयासक्त बन जाता है। उत्कृष्ट लक्ष्य हर कोई रख सकता है, यह व्यक्ति विशेष का काम नहीं है। परंतु व्यक्ति को आत्मसंयम का मार्ग चुनना पड़ता

है। प्रशांत अंत:करण, निर्भयता और संयम से बुद्धि, मन और शरीर को साधन योग्य बना सकता है। भगवान् श्रीकृष्ण कहते हैं 'मन को संयमित, चित्त को मुझमें लगाकर मुझे ही परम लक्ष्य समझकर साधना करो।' लक्ष्य प्राप्ति, योग मार्ग में दर्शित पद्धति के अभ्यास में सहायक सिद्ध होगा।

८. आत्म-साक्षात्कार : धर्म शब्द का अर्थ 'आत्मोन्नति का विज्ञान' है तो कोई भी धर्म वेदांत के समान पूर्ण नहीं है। जो केवल स्वयं को ही शुद्ध दिव्य स्वरूप में अनुभव करता है, वह आत्मज्ञानी नहीं हो सकता। आत्मज्ञानी तो संपूर्ण भूतों में एक ही आत्मतत्त्व को देखता है। यही कारण है कि भारत में ऐसे आत्मानुभवी महापुरुष किसी को 'हे पाप पुत्र' नहीं वरन् 'हे अमृत पुत्र' कहकर संबोधन करते हैं। सभी चराचर को स्वयं के समान ही मानते हैं। एक ही चैतन्य को सबमें देखते हैं। जो ऐसे चैतन्य में सबको देखते हैं, वह कभी भी चैतन्य से अलग नहीं हो सकते। ऐसे साम्यभाव के बिना अन्य कुछ भी उत्कृष्ट नहीं है।

९. मन की चंचलता : मन प्रथमत: उपरोक्त बातें स्वभावानुसार सहज स्वीकार नहीं करता, इन्हें मानना असंभव लगता है। मन दिखाई नहीं देता, परंतु गतिमान है। जैसे झंझावात (तूफान) कहने मात्र से नहीं रुकता और बंदर को समाधि नहीं लग सकती, ऐसे तर्क दिए जाते हैं। मन तो बुद्धि, निश्चय, धैर्य, विवेक और संतुष्टि—सबको प्रभावित करता है; दमन, असंयम उसके सहायक बनते हैं। ऐसी स्थिति में केवल साम्य दृष्टि विकसित होने से मन की चंचलता कम की जा सकती है।

१०. अभ्यास और वैराग्य : अभ्यास और वैराग्य भाव मन को स्थिर कर सकता है। मन की विशेषता है कि किसी कार्य में रुचि निर्मित हुई तो सहज रमता है। विरक्ति और अभ्यास दोनों के अभाव में तो कठिन है। यम-नियम, विरक्ति का नित्य स्मरण—यही मार्ग है। निग्रहपूर्वक उपाय प्रारंभ करने से चंचलता कम होकर मन स्थिर होता जाता है। योग में सामर्थ्य है, परंतु मन चंचल है तो व्यर्थ है। मोक्ष के प्रति दृढ़ श्रद्धा के साथ योगमार्ग का अवलंब करता है, योग अथवा भक्तिमार्ग पर चलता है, परंतु जीवन के अंतिम चरण में पहुँचने पर भी जो मोक्ष तक नहीं पहुँच पाता, वह तो संसार और मोक्ष, दोनों

से वंचित रह जाएगा। ऐसे समय उसे समझ होनी चाहिए कि इस शरीर को विश्राम देकर पुनः प्रारंभ करना है तो निश्चित मोक्ष की प्राप्ति होगी। कोई भी शुभ कर्म करनेवालों की कभी दुर्गति नहीं होती।

११. पवित्र कुल : साधना से योग सिद्धि को प्राप्त नहीं हुआ तो श्रेष्ठ कुल में पुनर्जन्म होगा। पापकर्म करनेवालों की अधोगति होती है और पुण्यकर्म के मार्ग पर चलनेवालों की आध्यात्मिक उन्नति होती है। पुण्यकर्म के दो प्रकार हैं—१) सकाम, और २) निष्काम। अतः दोनों के फल भिन्न हैं, मार्ग भी भिन्न रहते हैं। सकाम पुण्यकर्म करनेवालों को इच्छाओं की पूर्ति हेतु पुनः संस्कारित व संपन्न कुल में जन्म मिलता है। निष्काम पुण्यकर्म करनेवाले ज्ञानवान, योगियों के कुल में जन्म लेते हैं। यह मात्र सिद्धांत नहीं समाज के विभिन्न स्तरों में दिखाई भी देता है। ऐसा पुण्य कर्म करनेवाला व्यक्ति पुनर्जन्म के पश्चात् भी अपना मार्ग बना लेता है।

□

अध्याय-७

१. ज्ञान-विज्ञान : श्री शंकराचार्य के अनुसार शास्त्रोक्त पदार्थों का परिज्ञान ज्ञान है और ज्ञात तत्त्व का यथार्थ रूप में स्वानुभव विज्ञान है। उसे प्रपंच ज्ञान भी कहते हैं। ज्ञानेच्छु दुर्लभ होते हैं। ज्ञान के प्रति आस्था रखनेवाले बहुत प्राप्त करने का प्रयत्न भी करते हैं, परंतु अंत तक कम ही पहुँचते हैं। अत: यह सामान्य नहीं है। पुरुषार्थ के अभाव में जो अंत तक नहीं पहुँच पाते, यह दायित्व उनका ही है, जो अंत तक पहुँचना चाहते हैं। बौद्धिक स्तर पर समझते हैं, उसे आचरण में लाते हैं, ऐसे व्यक्तियों से कुछ तत्त्व से जानते हैं और एकाग्रचित्त होकर ग्रहण करके एक सीमा तक पहुँचते भी हैं। परंतु अंत में अज्ञात इच्छा अथवा अनजाने अहंकार के कारण प्रगति का मार्ग अवरुद्ध हो जाता है। समझना, स्वीकार करना, आचरण में लाना—इस हेतु आवश्यक ज्ञान, मन की दृढ़ता, शारीरिक सहनशक्ति और प्रयत्नों की पराकाष्ठा आवश्यक है।

२. विज्ञान का स्वरूप : वैदिक काल के मनीषियों के अनुसार यह जगत् जड़ पदार्थ यानी प्रकृति और चेतन तत्त्व यानी 'पुरुष' के संयोग से उत्पन्न हुआ है। पुरुष की पहल से जड़ पदार्थों से निर्मित शरीर चैतन्य युक्त होकर सब प्रकार के व्यवहार करने में सक्षम होता है; जैसे—भाप से इंजिन सक्रिय होता है। बिना भाप के इंजिन और बिना इंजिन के भाप का कोई महत्त्व नहीं रह जाता। प्रकृति और पुरुष का अंतर समझना होगा। प्रकृति के आठ अंग होते हैं—आकाश, वायु, अग्नि, जल और पृथ्वी—ये पंच महाभूत और मन, बुद्धि और अहंकार मिलकर यह 'अष्टधा प्रकृति' पंच महाभूत का रूप

हैं, पाँच ज्ञानेंद्रियाँ जिनके कारण संवेदना मन तक पहुँचती है, संवेदनाओं का वर्गीकरण बुद्धि करती है। इंद्रियों द्वारा विषय ग्रहण, मन के द्वारा एकत्रीकरण और बुद्धि के द्वारा निश्चय तीनों स्तरों पर अहं की वृत्ति रहती है, जिसे अहंकार कहते हैं।

३. परा प्रकृति : अष्टधा प्रकृति 'अपरा' यानी जड़ है। इससे अलग 'परा' प्रकृति क्या है, यह समझना होगा। परा प्रकृति जीव रूप है, जिसके परिणामस्वरूप शरीर, मन, बुद्धि स्वयं ही चेतन है, समझकर कार्य करते हैं। चैतन्य के अभाव में बाह्य स्थूल जगत् का आंतरिक सूक्ष्म विचार रूप जगत् का ज्ञान नहीं होगा। शरीर पाषाण के समान 'न चेतना, न बुद्धि'—ऐसा बन जाएगा। भूमि का आधार शहर, शहर का राष्ट्र और राष्ट्र का आधार विश्व है। जो समुद्र से घिरा हुआ है, जो वायुमंडल पर निर्भर है, वायुमंडल तो सौरमंडल अथवा ग्रहमंडल का एक भाग है। संपूर्ण विश्व आकाश में और आकाश स्थित है मन में। मन का आधार है बुद्धि का निर्णय बुद्धिवृत्तियों का ज्ञान चैतन्य के कारण संभव है। अत: चैतन्य ही जगत् का अधिष्ठान है।

४. परमात्मा ही सत्य : जगत् की ओर देखने के दो दृष्टिकोण हैं। एक 'अपर' यानी कार्यरूप जगत्, दूसरा है 'पर'। कारण दृष्टि से, चैतन्य पुरुष में विषयों का स्थूल अथवा विचारों का सूक्ष्म जगत् नहीं होता, परमात्मा के अतिरिक्त अन्य कुछ भी नहीं है। शरीर भिन्न-भिन्न आकार, रूप, रंग के हैं, परंतु अनेक आत्मा नहीं हैं। आत्मा तो एक है, अतः ईश्वर ही इस जगत् का अधिष्ठान हैं। कंठमाला में भिन्न रंगों व आकारों की मणि होते हैं, भिन्न पदार्थों से बनी हुई होती हैं, अतः दर्शनीय होती हैं, परंतु वह जिसमें पिरोई होती हैं, वह सूत्र तो अदृश्य रहता है। यह जगत् वैचित्र्यपूर्ण सृष्टि है, जिसे एक सत्य 'आत्मतत्त्व' धारण किए रहता है। व्यक्ति विशेष में भी शरीर, मन, बुद्धि परस्पर भिन्न होते हुए भी एक साथ कार्य करते हैं; वह आत्मतत्त्व ही इसका मूल कारण है।

५. माया का प्रभाव : माया के कारण उत्पन्न बातों के साथ तादात्म्य हो जाने के कारण अपने शुद्ध स्वरूप को पहचान नहीं पाता। स्वयं के साथ चलनेवाला यह लुका-छिपी का खेल विचित्र और रहस्यमय है। परिणामतः

जगत् के लिए अनंत दुःख और विक्षेप उत्पन्न करता है। मिट्टी से बना घड़ा भट्ठी में तपने के बाद अपने आपको अलग मानता है। भगवान् कहते हैं कि माया के प्रभाव में मुझे ही नहीं पहचानते, इससे मुक्ति कैसे संभव है; यह समझना पड़ेगा।

६. माया नदी : माया का नदी के प्रतीकात्मक रूप में वर्णन किया है। माया का विस्तार होता है। प्रवृत्ति-निवृत्ति आदि सब कल्पनाएँ, आदर्श ध्वस्त हो जाते हैं, सत्त्व-रज-तमो गुण प्रभावी होते हैं, यम-नियम सब लुप्त हो जाते हैं; द्वेष, मत्सर शक्ति के साथ उभरकर आते हैं, प्रमाद बढ़ जाते हैं, सुख-दुःख प्रकट होते हैं, अहंकार सतह पर आ जाता है, मोह और भ्रम के बढ़ते धैर्य समाप्त हो जाता है और व्यक्ति अज्ञान रूपी भँवर में फँसता जाता है। तमोगुण रूपी भव्य प्रवाह भीषण रूप धारण करता है। ऐसी माया नदी से तरना, बचना गंभीर चुनौती बन जाती है।

७. माया ग्रस्त : माया नदी से सुरक्षित बचने का प्रयास तो करते हैं, लेकिन समस्या बढ़ती ही जाती है। न स्वयं बुद्धि काम आती है, न सिद्धांत। अहंकार, लालसा, वार्धक्य, मतिभ्रंश इत्यादि से बचने के मध्य बाधा बनकर खड़े हो जाते हैं। अंत में सद्गुरु के आशीर्वाद से, अनुभव के सहारे, अहंकार से मुक्त होंगे, वे ही सुरक्षित रहेंगे। माया के प्रभाव में आत्मबोध का स्मरण, यम-नियम का कठोरता से पालन करने की इच्छा चाहिए। अहमता, सुख-दुःख आदि के आघात होते हैं। समझने की क्षमता चाहिए अन्यथा माया से ग्रस्त होना स्वाभाविक है।

८. चतुर्विध भक्ति : ज्ञानी भक्त, ज्ञान से भेदाभेद भाव समाप्त होता है। हवा और आकाश भिन्न नहीं, वैसे शारीरिक कर्म करते हुए भक्त भक्ति करता है। ज्ञान से मैं यानी आत्मा हूँ, ऐसा माना जाता है और स्वहितार्थ वह भक्ति करता है।

- **आर्त :** व्यक्ति कष्ट से मुक्ति हेतु भक्ति करता है। सुख उपलब्ध होने के बाद भी जिनके पास आंतरिक शांति नहीं रहती, वे भी आर्त भाव से भक्ति करते हैं।
- **जिज्ञासु :** शास्त्र, विचारों के अध्ययन के माध्यम से ईश्वर को

जानना चाहता है, ऐसा 'जिज्ञासु' भक्त होता है।

- **अर्थार्थी :** किसी प्रकार के इष्ट फल-प्राप्ति के उद्‌देश्य से कर्म करते हुए आराधना, भक्ति करते हैं। कामनाओं की पूर्ति—यही उनका लक्ष्य होता है।
- **चतुर्विध :** भक्ति में श्रेष्ठ कौन सी है ? इसमें से जो ईश्वर से नित्य जुड़ा रहता है, अनन्य भक्ति वाला वह ज्ञानी भक्त श्रेष्ठ है।

११. स्वहित घातकी : बुद्धिहीन व्यक्ति ईश्वर के सर्वोत्तम अव्यक्त परमभाव को न समझते हुए अव्यक्त को व्यक्त मानता है। अमृत सागर में उतरना और मुँह बंद रखना—इसे क्या कहेंगे ? अमृत सागर में उतरकर अमृत बनकर रहने में ही आनंद है। ईश्वर तो अमर्याद है, उसे किसी मापदंड से नापने की कोशिश यानी अव्यक्त को व्यक्त मानने जैसा ही है।

□

अध्याय-८

१. ब्रह्म : ब्रह्म शब्द अपरिवर्तनशील और अविनाशी ऐसे तत्त्वों की ओर निर्देश करता है। दृश्यमान सृष्टि का अधिष्ठान 'ब्रह्म' है। शरीर में आत्मा के रूप में रहता है और शरीर मन, बुद्धि को संचालित करता है। उसका कभी नाश नहीं होता, व्यक्ति के जन्म के साथ प्रवेश करता है, परंतु शरीर द्वारा होनेवाले क्रियाकलापों का इससे संबंध नहीं रहता। शरीर का अंत तो होता है, परंतु ब्रह्म का नहीं होता।

२. अध्यात्म कर्म : परमात्मा स्वयं निरंकार और सूक्ष्म है, अतः अदृश्य है, परंतु सर्वव्यापी है। उसके अस्तित्व, सामर्थ्य और कृपा का अनुभव प्रत्येक भौतिक शरीर करता है। शरीर मन, बुद्धि और इंद्रियों से मुक्त, विलग रहकर जो व्यक्त होता है, उसे अध्यात्म कहते हैं। 'पुरुष' शब्द का अर्थ है शरीर में वास करनेवाला, अतः पुरुष अधिदैवत है। वेदांत शास्त्र के अनुसार इंद्रिय, मन, बुद्धि का अधिष्ठाता देवता है। समष्टि की दृष्टि से इसे 'हिरण्यगर्भ' कहते हैं। कर्म शब्द का तात्पर्य अधिक गंभीर, सूक्ष्म और दिव्य है। बुद्धि में निहित वह सृजन शक्ति, जिसे आध्यात्मिक शक्ति भी कहा जाता है, कार्य-प्रवृत्त होकर विभिन्न भावों का निर्माण करती है, वही 'कर्म' नाम से जानी जाती है।

३. अधिभूत-अधिदैवत-अधियज्ञ : नश्वर भाव अधिभूत है। अक्षर तत्त्व के विपरीत क्षर प्राकृतिक जगत् है। संपूर्ण दृश्यमान जड़ जगत् क्षर अभिभूत है। शरीर में वास करनेवाला अधिदैवत है। वेदों के अनुसार देवताओं को ध्यान में रखकर अग्नि में आहुति दी जाने की प्रक्रिया 'यज्ञ' कहलाती है। अध्यात्म की दृष्टि से यज्ञ का अर्थ है विषयों, भावनाओं एवं विचारों को ग्रहण

करना। बाह्य यज्ञ के समान अधियज्ञ में विषय रूपी आहुतियाँ इंद्रिय रूपी अग्नि में अर्पित की जाती हैं, तब इंद्रियों के अधिष्ठाता प्रसन्न होते हैं और आशीर्वाद रूप में तत्संबंधी विषयों का ज्ञान प्राप्त होता है। यह सब चैतन्य आत्मा की उपस्थिति में होता है, अतः उसे ही अधियज्ञ कहते हैं।

४. ब्रह्म पद : निश्चल मन से भक्ति युक्त होकर साधना के मार्ग पर चलना चाहिए। एकाग्र चित्त से परमपुरुष का ध्यान (यानी अ-व्यंग का ध्यान) ध्यान-साधना के द्वारा सजग रहकर शरीर, मन, बुद्धि से जो तादात्म्य में रहता है, उससे मुक्त होकर साधक शांति के स्थिर क्षणों का अनुभव करता है; ऐसा निश्चल मन आवश्यक है। ब्रह्म को अक्षर कहा गया है। जो विवेक जनित वैराग्य, कामनाओं का त्याग स्वाभाविक परिपक्वता का फल है, प्रवृत्तियों का दमन नहीं है। संन्यास का अर्थ उदास और विषादपूर्ण त्याग अथवा स्वयं को दंडित करना नहीं है। भारत के ऋषियों ने सम्यक् विवेकजनित वैराग्य का ही उपदेश दिया है, जो विषयों की तुच्छता और जीवन के परम लक्ष्य की श्रेष्ठता समझकर मुक्त होते हैं, उन्हें 'वीतरागी' कहा गया है। सफलता मन की शक्ति पर निर्भर है, जिनमें कामनाओं की कमी है, उनके लिए सफलता के अवसर अधिक हैं।

५. उत्पत्ति-प्रलय : सामान्य जीवन में सूर्योदय के साथ परिसर दृश्य समान होता है और सूर्यास्त के साथ क्रमशः अंधकार के प्रभाव में अदृश्य लगता है। वैसे ही ब्रह्माजी का दिन जो सहस्र युगों का होता है, उस समय सृष्टि का निर्माण होता है। सृष्टि का अर्थ—अव्यक्त नाम, रूप और गुणों का व्यक्त होना, जैसे—मिट्टी से घड़ा, मिट्टी का निर्माण नहीं किया, घड़ा अव्यक्त रूप से व्यक्त रूप में सामने आया। आम के बीज से आम यानी अव्यक्त संस्कार शब्दों तथा कर्मों से प्रकट होते हैं। अतः अव्यक्त से व्यक्त—यही उत्पत्ति कही जा सकती है। दिन ही जाग्रत् अवस्था में अव्यक्त सृष्टि को व्यक्त करता है; रात्रि के आगमन पर व्यक्त पुनः अव्यक्त हो जाता है।

६. व्यक्त और अव्यक्त : भिन्न शब्दों में उत्पत्ति प्रलय को ही दर्शाती है। अव्यक्त में जो है, वही व्यक्त में प्रकट होता है। केवल बाह्योपचार से, मार्गदर्शन से अव्यक्त में परिवर्तन संभव नहीं। विशिष्ट गुरु के द्वारा परिवर्तन

आया, जो ऐसा कहते हैं, वह सत्य नहीं; अव्यक्त रूप में यदि अस्तित्व है तो श्रेष्ठ मार्गदर्शक व्यक्त होने में सहायभूत बनते हैं। देहत्याग के बाद जीव का अस्तित्व उसी प्रकार बना रहता है, जैसे वादन के माध्यम से संगीत व्यक्त होता है और वादन के बंद होने से संगीत भी अव्यक्त रूप में चला जाता है।

७. परम गति : परम गति यानी अंतिम लक्ष्य; अंतिम लक्ष्य पर पहुँचने के बाद व्यक्ति पुनः नहीं लौटता। समस्त विश्व का अधिष्ठान ब्रह्म है। ॐ अथवा प्रणव, जिसे हम ब्रह्मनाद कहते हैं, वह अधिष्ठान का सूचक है। जिस पर साधक ध्यान केंद्रित करते हैं। यह अव्यक्त, अक्षर आत्मतत्त्व प्राप्त करना मनुष्य का परम लक्ष्य है। निद्रा कर्म प्रधान जाग्रत् अवस्था के मध्य का विश्राम है, उसी प्रकार मृत्यु भी जीवन का अंत नहीं है। दूसरा जीव धारण करने के मध्य का, अव्यक्त अवस्था का, विश्राम का क्षण है। जन्म-जन्मांतर के पश्चात् व्यक्ति वहाँ पहुँचता है, जहाँ से पुनरावर्तन नहीं होगा, वही परमगति-परमलक्ष्य अंतिम लक्ष्य है।

□

अध्याय-९

१. जगत् की ओर देखने की तात्त्विक दृष्टि : ऐसी वस्तु की कल्पना करना कठिन है, जो सबके जैसी है, सर्वत्र है और किसी वस्तु में जो कमी अथवा दोष रहते हैं, वह उसमें नहीं रहते। परंतु बुद्धि किसी सहायता से विकसित कर, आसपास देखकर अनंत आकाश का दर्शन कर सकती है। स्थूल कभी सूक्ष्म को सीमित नहीं कर सकता, जैसे—कारागृह का निर्माण पत्थरों की दीवार नहीं कर सकती। सूक्ष्म विचारों की तरंगों की उड़ान कैसे रोकेंगे! आकाश में बादल आते-जाते हैं, असंख्य ग्रह-नक्षत्र, तारामंडल गति से भ्रमण करते हैं, तूफान-वायु चलती है, परंतु आकाश पर उसका कुछ प्रभाव नहीं रहता, वह तो उसके ऊपर है, विशाल है। यह केवल वर्णनों से समझ में नहीं आता, जिज्ञासु को स्वयं ही चिंतन-मनन करना होता है।

२. अज्ञ जनार्थ ईश्वर ज्ञान : संसार भय से ईश्वर जानने की कोशिश हो तो भी वास्तव को समझना है, इसका विस्मरण न हो। ईश्वर को स्थूल दृष्टि से देखना व्यर्थ है, वे तत्त्व को समझ नहीं पाएँगे। स्वप्न में अमृत पीकर अमर नहीं हो सकते। जो मेरा साकार रूप देखकर तदनुसार वर्तन करेंगे तो जल में चंद्र देखकर चंद्र उठाने जैसा होगा।

३. ईश्वर का निश्चित ज्ञान : प्रतीकों को ही ध्येय समझने का अर्थ है, साधन को ही साध्य मान लेना। ऐसी धारणाएँ धार्मिक यानी पांथिक कट्टरता तथा असहिष्णुता का कारण बनती हैं। परिणामत: शत्रुत्व और ईर्ष्या-भाव बढ़ता है। राष्ट्र की संस्कृति की महत्त्वाकांक्षा का पवित्र प्रतीक है। उदाहरणार्थ हमारा ध्वज, ईश्वर तो स्वयंसिद्ध फिर भी बाल-युवा-प्रौढ ऐसा वर्णन करते

हैं। अद्वैत होकर भी द्वैत मानते हैं और अकर्ता होकर भी कर्ता मानते हैं। ईश्वर तो सर्वात्मात्मा हैं, परंतु उसमें भी शत्रु-मित्र की कल्पना करते हैं। प्रतिष्ठापना भी और विसर्जन भी करते हैं, जबकि ईश्वर सर्वव्यापी है, सर्वात्म है।

४. पुण्यात्मक पाप : ज्ञान प्राप्त कर पूजा-पाठ, यज्ञादि कर्म करके स्वर्ग की कामना करते हैं न कि ईश्वर प्राप्ति की, जैसे कल्पवृक्ष के सान्निध्य में बैठकर भिक्षा की कामना करते हैं। यह पुण्य कर्म होते हुए भी पाप है। नर्क से स्वर्ग अच्छा है, परंतु शाश्वत सुख-प्राप्ति का स्थान स्वर्ग नहीं है, नहीं जानते। पुण्यात्मक पाप से स्वर्ग और पापात्मक पाप से नर्क मिलता है। परंतु ईश्वर-प्राप्ति जिस मार्ग से अथवा कर्म से होती है, वह शुद्ध पुण्य है।

५. सदोष भक्ति : सांप्रदायिक जन-व्यापकता न समझते हुए कर्मकांड में रमते हैं। इंद्र, अग्निपूजक बनते हैं। यह सब वृक्ष की शाखा के समान है, वृक्ष संवर्धन हेतु जड़ों को जल पहुँचाना पड़ता है। अतः मुख्य ईश्वर की पूजा करनी चाहिए। अन्यथा ऐसी भक्ति सदोष भक्ति ही होती है। ईश्वर चरणों में आत्मभाव अर्पण किए बिना ईश्वर-प्राप्ति कैसे संभव है ?

७. भक्ति युक्त दान : विस्तीर्ण, सुशोभित मंदिर निर्माण, चंदन, पुष्प इत्यादि से पूजन, विशाल सुंदर वनों का निर्माण, पदार्थ रूप मिष्टान्न इसी से संतुष्ट होते हैं। ईश्वर तो केवल भक्ति से प्रसन्न होते हैं। छोटा-बड़ा अन्य उपचार तो केवल निमित्त है, अनन्य भक्ति महत्त्वपूर्ण है। ईश्वर का श्रेष्ठ स्थान तो मन मंदिर है।

८. भक्ति युक्त कर्म : जो भी उपचार करेंगे, यज्ञ याग करेंगे, संतप्त को दानादि करेंगे अथवा तप, व्रत, साधना करेंगे, इसके अतिरिक्त सहजता से जो करेंगे अथवा होगा, यह सब भक्ति भाव से करना चाहिए। अच्छा है, ऐसे कार्यों का विस्मरण हो जाए। शरीर, मन, बुद्धि के स्तर पर हम कई बातें समझते हैं और प्रतिक्रिया में निश्चित ही कुछ कार्य करते हैं। वह सब व्यक्ति को ईश्वरार्पण करना सीखना चाहिए। यह कठिन है, ऐसा व्यक्ति सोचता है, यदि हम अपने समस्त व्यवहार में ईश्वर का स्मरण रख सके तो वह कर्म भी श्रेष्ठ होगा। दान, सहयोग अथवा तप, व्रत और अन्य सब प्रकार की क्रियाएँ भी यह सब भक्ति के साथ हैं, ऐसे कर्म भक्ति युक्त कर्म होते हैं।

९. अनन्य भक्ति : मुख में नाम, दृष्टि में रूप, मन में संकल्प, कानों से श्रवण में निरंतर ईश्वर ही रहता है, वही अनन्य भक्ति है। ज्ञान का विषय भी ईश्वर, ऐसा जीवन वास्तविक जीवन, अन्यथा मृत्यु समान है। अध्ययनशील नहीं अथवा किसी प्रकार का भी जन्म मिला हो, वे यदि अनन्य भक्ति से रहते हैं तो वह हीन नहीं होते।

१०. ब्राह्मण माहात्म्य : गुणहीन और साधनहीन व्यक्ति भी भक्ति के द्वारा ईश्वर को प्राप्त कर सकते हैं तो साधन-संपन्न व्यक्तियों को तो कितना सहज है, यह कहने की आवश्यकता ही नहीं। साधन-संपन्न कौन? ब्राह्मण अर्थात् शुद्ध अंत:करण वाला, क्षत्रिय (राजा) यानी उदार अंत:करण वाला और दूरदृष्टि का बुद्धिमान। ब्राह्मण्य का लक्षण क्या है? मंत्र विद्या के जानकार, तत्त्वसाधना करनेवाले, यज्ञ आदि कर्म करनेवाले, वेदाध्ययन करनेवाले, सबके कल्याण का चिंतन करनेवाले, आस्थापूर्वक सत्कर्म करनेवाले, जिनके कारण सत्य सुरक्षित रहता है, जिनकी प्रसन्नता से कई कार्य सहज सिद्ध होते हैं। ऐसे महानुभाव भक्ति में भी नैपुण्य प्राप्त करते हैं।

□

अध्याय-१०

१. वास्तविक ज्ञानी : केवल भावना अथवा विचारों से नहीं तो पूर्ण और वास्तविक स्वयं अनुभव से आत्मा के साथ तादाम्य करता है। आत्मा को जानना कि वह अजन्मा, अनादि और लोक अनभिज्ञ, लोक महेश्वर है। अज्ञानी लोग इन विशेषणों को निरर्थक मानते हैं। जड़ जगत् में प्रत्येक वस्तु-प्राणी अनित्य है, अर्थात् आदि, जन्म और अंत (मृत्यु) से युक्त है।

- लोक महेश्वर, यानी देखना और अनुभव करना, जो ईश्वर को उपर्युक्त विशेषणों के रूप में जानता है, वह सम्मोह रहित हो जाता है। अपने हिंदू चिंतन में मनुष्य 'पापों के लिए' नहीं तो पापों के द्वारा दंडित होता है। व्यक्ति आत्मस्वरूप को पहचानकर दृढ़ निष्ठा प्राप्त करता है। वह पुनः पापकर्म में प्रवृत्त नहीं होता। जलने पर चंदन वृक्ष से जैसे साँप निकल जाते हैं, वैसे ही पाप भी छोड़कर चले जाते हैं।

२. अभेद भक्ति : एक ही शक्ति दो रूप में प्रकट होती है, परंतु प्रकट रूप को शक्ति न मानते हुए मूल शक्ति को समझना और मानना तथा उसकी भक्ति करना। 'मैं' और 'हम' भिन्न नहीं, ये दोनों परमात्मा हैं, अंतःकरण को भिन्न कार्यों के कारण दो लगते हैं, समझता है कि रूप दो, परमात्मा एक है।

उदा. मिट्टी से घड़ा ४ अवस्थाएँ—

१. उपयुक्त लचीलापन,

२. घड़े का आकार,

३. सुखाना, चमकदार बनाना,

४. भट्ठी में पकाकर सुशोभित करना। अधिष्ठान तो मिट्टी ही है।

उत्पति, वृद्धि और विकास के लिए अधिष्ठान आवश्यक, उसके बिना असंभव। बाह्यरूप से निवृत्त होकर अधिष्ठान में स्थिर होना है। बुद्धिवंत भक्तिभाव से परमात्मा की ही भक्ति करते हैं।

□

अध्याय-११

१. नानाविध वर्ण : परमात्मा के हजारों प्रकार के विविध रूप, विविध आकृतियाँ और नाना प्रकार के वर्ण होते हैं। परमात्मा के स्वरूप में सारा विश्व भरा हुआ है। आभूषणों में सुवर्ण देखना आसान है, परंतु सुवर्ण में आभूषण देख पाना कठिन है।

क्योंकि वह इंद्रियों द्वारा नहीं तो बुद्धि द्वारा होनेवाला दर्शन है बुद्धिगम्य दर्शन। मनुष्य में क्षमता, स्वभाव, रुचि, अरुचि, जीवन शैली, साधना के प्रकार, संतुष्टि-असंतुष्टि ही समान नहीं, वैसे ही बाह्य रूप में कितनी विविधताएँ, कोई एक-दूसरे जैसा नहीं दिखाई देता, ऐसा अगणित, अपार है। परमात्मा में यह नानाविध रूप एवं वर्ण समाए हुए हैं। ऐसा वह परमात्मा सब में है, सर्व व्याप्त है।

□

अध्याय-१२

१. ज्ञानी और भक्त श्रेष्ठ कौन ? : व्यक्त और अव्यक्त परमात्मा के दो रूप भक्ति से व्यक्त और ज्ञान से अव्यक्त रूप ध्यान में आता है। उसकी प्राप्ति के यह दो मार्ग हैं—एक साकार दूसरा निराकार। गुणवत्ता तो समान है, अतः समान महत्त्व है। एक मूर्ति मन में रखकर अंत:करण की गहराई से कर्म और भक्ति करता है, और दूसरा ओंकार के परे, वाचा के परे, नाम, स्थल रहित होकर 'सोऽहं' भाव से करता है। अत: श्रेष्ठ कनिष्ठ समझना कठिन है। भगवान् कहते हैं, अनन्य भक्त श्रेष्ठ है। परम श्रद्धा, नित्य उपासना, मन की एकाग्रता, इन गुणों से संपन्न व्यक्ति को भगवान् युक्ततम मानते हैं। इंद्रिय संयम, सर्वत्र सम बुद्धि और भूत मात्र के हित में रत होते हैं, ऐसे गुणों से संपन्न अव्यक्त की उपासना करते हैं, वे भी मेरे प्रिय हैं।

२. अभ्यास योग : परमात्मा में मन स्थिर करने में यदि असमर्थ अनुभव करते हैं तो 'अभ्यास योग' से अर्थात् प्रयत्न करने से संभव है। निश्चित अवधि में अल्प समय के लिए भी किया गया ध्यान उन क्षणों में बाह्य से परावृत्त होना प्रारंभ होता है। जैसे पूनम से अमावस तक चंद्र का प्रतिबिंब क्षीण होता जाता है। अभ्यास योग से प्राप्त नहीं होगा, ऐसा कुछ नहीं होता, अत: यह सहज है, इस मार्ग का अवलंबन करना चाहिए।

३. कर्तृत्वाभिमानी : आत्मा विकास के विविध मार्ग और उपाय हिंदू धर्म शास्त्रों में पूर्णता है। उपभोग, स्व अभिमान, अपने कुलाचार, विधि निषेध, निसंकोच पालन करने में कोई समस्या नहीं। काया-वाचा-मन से जो करना पड़ता है, वह करें, परंतु कर्तापन स्वयं की ओर न लें। कर्ता-अकर्ता परमात्मा

जाने, यह भाव रहे। यह भाव किसी प्रकार के कर्म करते हुए रहेगा, तो देहत्याग के बाद उसी क्षण सायुज्य मुक्ति निश्चित है।

* कर्मफल त्याग रजोगुण के प्रभाव में कर्तृत्वाभिमान, यानी अहंकार निर्माण होता है, छोड़ना कठिन भी लगता है। भगवद्गीता में विचारपूर्वक एक और उपाय बताया है—कर्म करो और अपेक्षा रूपी फल का त्याग करो। पहले कर्तृत्वाभिमान छोड़ने की बात कही, अब फल त्याग की चर्चा है। फल त्याग का मार्ग सामान्य है, परंतु श्रेष्ठ है। फल त्याग का परिणाम है कि कर्म बाँझ हो जाता है। ईश्वर का ज्ञान अभ्यास योग से, ज्ञान के ध्यान से, ध्यान से मन शुद्ध होता है। कर्म भी छूटते जाते हैं, परिणामतः फल त्याग भी सहज होता है।

४. भक्त लक्षण : किसी के प्रति द्वेषभाव नहीं, अपना-पराया, उत्तम-अधम भाव भी समाप्त हो जाते हैं। संपन्नता-दारिद्र्य भेद नहीं, गाय-सर्प में जल भेद नहीं करता, ऐसा अंतःकरण होता है। सभी के प्रति मित्रता का भाव, सुख-दुःख समान भाव, अन्यों के प्रति क्षमाभाव, ये भक्त के लक्षण हैं। बिना निमित्त भी आनंद, मन और बुद्धि को मेरे प्रति समर्पित करता है। किसी पर क्रोध नहीं और अन्य भी जिस पर क्रोध नहीं करता, ऐसा व्यक्ति भगवान् का भक्त होता है। हर्ष-क्रोध, भय-उद्वेग से मुक्त रहता है, वह भगवान् का भक्त है।

५. सम भाव : शत्रु-मित्र, मान-अपमान, शीत और उष्ण, सुख-दुःख इस भाव में स्थिर रहता है। समान भाव रखता है। वैसे ही स्तुति-निंदा समान मानता है। किसी के सत्य-असत्य वचनों के कारण मौन भंग नहीं होने देता। लाभ-हानि से संतुष्ट-असंतुष्ट नहीं होता है। सारे विश्व को ही अपना घर मानकर स्थिर बुद्धि से रहता है।

□

अध्याय-१३

१. क्षेत्र : क्षेत्र यानी शरीर, यह साढ़े तीन हाथ का होता है। वेदों में क्षेत्र का वर्णन अधिक है। कई तर्क दिए जाते हैं। तत्त्वज्ञान की भी सीमा आ जाती है। मत भिन्नता विद्यमान है।

एक मत करने की चर्चा निरंतर विश्व में चलती है। परंतु एक बात सर्वत्र है कि सभी को क्षेत्र के प्रति ममत्व है और यही संघर्ष-विवाद का कारण भी, यह सब मानते हैं। नास्तिक वेदों का और वेद नास्तिक का खंडन करते हैं।

२. नास्तिक : नास्तिक मानते हैं कि वेदों का कोई मूल नहीं है, अतः उन पर व्यवहार का कोई बंधन नहीं है।

३. योगी : क्षेत्र के रक्षण हेतु व्यक्ति योग मार्ग का अवलंबन करते हैं। एक होता है मृत्यु का भय, यम-नियमादि साधना करते हैं। क्षेत्र का अभिमान-अहंकार भी रहता है, उसका ज्ञान हो, इसलिए शिव-ब्रह्मा ने भी प्रयास किए हैं।

४. कर्मवादी : व्यान, अपान, उदान, समान, प्राणायाम इत्यादि के माध्यम से प्राण की सुरक्षा करते हैं। ज्ञानेंद्रिय और कर्मेंद्रीय के द्वारा यह शरीर नित्य कर्म करता ही रहता है।

५. सांख्य : क्षेत्र यानी जीव नहीं, क्योंकि वह स्थिर नहीं है। शरीर तो प्रकृति की संपदा है। सत्त्व, रज, तम, यह त्रिगुण है, इससे शरीर संचालित होता है। यह सांख्य मत है। संकल्पवादी यह अमान्य करते हैं।

६. संकल्पवादी : संकल्प बलवान होता है, संकल्प के कारण ही यह परमात्मा अव्यक्त से व्यक्त रूप में प्रकट हुआ है। यह शरीर संकल्प की

सहायता से पंचमहाभूत और पंच भौतिक देह का निर्माण हुआ। कर्म-अकर्म के कारण शरीर को महत्त्व प्राप्त हुआ। सहज निर्माण-विनाश की प्रक्रिया निरंतर चलनी चाहिए, अतः जन्म-मृत्यु का चक्र निर्माण हुआ है। अतः संसार के मूल में यह 'संकल्प' है।

७. स्वभाववादी : स्वभाववादी मतानुसार क्षेत्र का कोई निर्माता नहीं है। यह सारी निर्मिति स्वभावतः हुई है। आकाश में मेघ, मेघ में जल, ग्रह-नक्षत्रादि किसने किसकी आज्ञा से निर्माण किए? समुद्र कौन भरता है, वायु को कौन संचालित करता है, पर्जन्य कौन निर्माण करता है? यह स्वभावतः निर्माण हुआ है, वैसे ही क्षेत्र का भी कोई कर्ता नहीं है।

८. कालवादी : कालवादी मानते हैं कि पूर्ण रूप से काल ही नियंता है। केवल अहंकार के कारण अपना-अपना विचार प्रस्तुत करते हैं। महाकल्प पर काल अपना प्रभाव रखता है। दिग्गजों का भी निर्दलन करने का सामर्थ्य काल में ही है। अतः सत्ता केवल काल की ही होती है।

९. क्षेत्र सर्वथा अज्ञेय : क्षेत्र विषय पर नैमिषारण्य में बृहत् चर्चा हुई थी। आज भी विद्वान् उसे प्रमाण मानते हैं। बृहद् ज्ञान, वैदिक सूत्र जो ज्ञान के क्षेत्र में श्रेष्ठ, परंतु वे भी स्पष्ट नहीं कर सके। अनेक विद्वान् प्रयत्न करके भी सफल नहीं हुए।

१०. क्षेत्र ३६ तत्त्वों का : पंचमहाभूत, कर्मेंद्रिय और ज्ञानेंद्रिय दस, बुद्धि और अव्यक्त और एक अहंकार, एक मन, विषय दशक, सुख, दुःख, इच्छा, द्वेष, संघात (स्थूल देह) चेतना और धृति, इस प्रकार के क्षेत्र की व्याप्ति है।

११. अहंकार : अहंकार अद्‌भुत है, वह अज्ञानी नहीं, संज्ञानियों को ही पकड़ता है।

१२. बुद्धि : इंद्रिय सामर्थ्य की सहायता से वासनाओं को प्रबल बनाती है। योग्य-अयोग्य का विवेक, बुद्धि के कारण सुख क्या है, दुःख क्या है, पाप-पुण्य समझ में आता है, बुद्धि के कारण विभिन्न विषयों का मर्म का ज्ञान होता है। सत्त्व गुणों के संवर्धन, ज्ञान के उगमस्थान पर विद्यमान रहता है।

१३. अव्यक्त : सांख्य शास्त्र में प्रकृति जिसके दो प्रकार हैं। उसमें

जीव दशा उसे ही पर्यायी शब्द है, अव्यक्त बीज में वृक्ष, वस्त्र में तंतु अव्यक्त रूप में होते हैं। महाभूत और प्राणी जहाँ विलीन हो जाते हैं, उसे ही अव्यक्त कहते हैं।

१४. एकादश इंद्रिय : नेत्र, कान, नासिका, त्वचा, जिह्वा पाँच ज्ञानेंद्रिय, जिसकी सहायता से बुद्धि सुख-दुःख का निर्णय करती है। वाचा, हाथ, पाँव, गुदाद्वार और शिश्न, ये पाँच कर्मेंद्रियाँ प्राणी की सहयोगी क्रिया शक्ति कर्मेंद्रियों के माध्यम से सक्रिय रहती हैं। ग्यारहवाँ मन है।

१५. मन : मन केवल भासमान है, जैसे आकाश का रंग नीला। प्रवृत्ति का मूल कारण, विकार प्रबल होते हैं। अहंकार का पोषण होता है, इच्छाओं को जन्म देता है। भय, द्वेष, भ्रम और ये सब मन के कारण ही हैं। मन ही बुद्धि का द्वार बंद करता है, ऐसा मन का बल है।

१६. इंद्रिय विषय : ज्ञानेंद्रिय स्पर्श, शब्द, रूप, रस और गंध कर्मेंद्रिय और ज्ञानेंद्रिय इसी का आधार लेकर समस्त क्रियाएँ होती हैं। दस विषय हैं।

१७. इच्छा : विषय का प्रलोभन।

१८. द्वेष : इच्छाओं की प्रबलता विकारों में बदलती है।

१९. सुख : जिसकी प्राप्ति से अन्य बातों का विस्मरण हो जाता है। जीव और आत्मा एक साथ आते हैं, जो स्थिति बनती है, वही सुख।

२०. दुख : जीव-आत्मा की एक्यावस्था नहीं होती, उस स्थिति को दुःख कहते हैं।

२१. चेतना : अलिप्त रहती है, साक्षी भाव से रहती है। पाँव के नाखून से शिखा तक अखंड रहती है। जिसके अस्तित्व से प्रसन्नता रहती है। आत्मा की संगति से जड़ शरीर में सजीवता आती है, उसे ही चेतना कहते हैं।

२२. धृति : पंचतत्त्व का परस्पर मेल नहीं रहता, जल पृथ्वी का संहार, अग्नि जल का नाश, वायु का अग्नि से संघर्ष और आकाश इतना विशाल कि वायु को निगल जाता है। आकाश सबसे अलग रहता है। परंतु आश्चर्य है, मनुष्य के शरीर में सब मिलकर रहते हैं, परस्पर पोषण करते हैं। यह मित्रता, मनुष्य की विचलितता को सँभालना, यह जिससे संभव होता है, उसे धृति कहते हैं।

२३. संघात : ३६ तत्त्व 'जीव' के साथ रहते हैं, उसे ही 'संघात' कहा जाता है। यह सब मिलकर बनता है वह 'क्षेत्र', शरीर जैसे अक्षरों का समूह, 'वाक्य' असंख्य लोगों का समूह वह 'जगत्'।

२४. क्षेत्र : ३६ तत्त्व एकत्र यानी—क्षेत्र। शरीर परिश्रम करता है, वही पाप-पुण्य होता है। इसी कारण शरीर को क्षेत्र कहते हैं। जो-जो निर्माण और समाप्त होता है, वह सभी क्षेत्र कहलाता है। देव-मानवादि गुण कर्म की भिन्नता दर्शाते हैं।

२५. ज्ञान का स्वरूप और ज्ञान की साधना : ज्ञान-प्राप्ति हेतु मनुष्य शरीर माध्यम से यत्न करता है। योग, कर्म, भक्ति के साथ आध्यात्मिक साधना इत्यादि ज्ञान साधना के मार्ग हैं। योग्य गुरु की खोज और उनकी सेवा करते हुए ज्ञान की साधना करते हैं। ज्ञान-प्राप्ति से अज्ञान दूर होकर जीवात्मा परमात्मा से तादात्म्य होता जाता है। द्वैत भाव की समाप्ति, बुद्धि में समत्व, मोह की, आप पर भाव की समाप्ति होती है। 'मैं' यानी 'जीव' यह भाव ज्ञान-प्राप्ति से समाप्त होता है।

२६. ब्रह्म ज्ञानी के लक्षण

- **अमानित्व :** मान-सम्मान अपेक्षा समाप्त होती है, अपना श्रेष्ठत्व कीर्ति से अन्य को ध्यान में न आए, यह भाव रहता है। नमस्कार आदि से भी पीड़ा होती है। ऐसा व्यक्ति लोकेषणा से दूर रहकर अज्ञात रहने में आनंद मानता है।
- **अदाम्भित्व :** स्वयं के सत्कर्मों की चर्चा नहीं करते, धार्मिकता के प्रदर्शन से दूर रहते हैं। परोपकार की चर्चा अथवा पांडित्य का दर्शन इत्यादि से दूर रहते हैं। कठिनाइयों के रहते हुए भी दानादि में आगे रहते हैं।
- **अहिंसा (पूर्व मीमांसक मत) :** अहिंसा का प्रतिपादन विविध पद्धति से करते हैं। शास्त्रज्ञ, यज्ञ यागादि करनेवाले कार्य निमित्त होनेवाली हिंसा को 'अहिंसा' के रूप में प्रतिपादन करते हैं।
- **अहिंसा और आयुर्वेद :** एक जीव की रक्षा हेतु दूसरे जीव को मारना वे हिंसा नहीं मानते। वनस्पति का उपयोग, प्राणियों का

उपयोग करने में हिंसा नहीं मानते, यह ध्यान में लेकर अहिंसा की चर्चा कैसे होगी ? विचारणीय है।

- **अहिंसक आचरण :** अहिंसा आचरण से प्रकट होती है, यदि हृदय से स्वीकार है। ज्ञान और अंतःकरण जब एक होते हैं तो सहज ही आचरण में प्रकट होती है। निम्न आचरण से अहिंसा का प्रकटीकरण होता है, जैसे—

(अ) सँभलकर कदम रखते हैं। कदमों में मृदुता, पाँव से किसी को ठेस न लगे, इसकी चिंता करता है। जैसे कमल में भ्रमर, बिल्ली अपने बच्चे को मुँह में पकड़ती है आदि।

(आ) वाणी का संयम : स्नेह और मधुरता सत्य परंतु सौम्य, न कोई डरे, न कोई तिरस्कार करें, न किसी प्रकार का कटाक्ष, न कोई शंका निर्माण हो इत्यादि।

(इ) सुस्थिर दृष्टि, कुटिलता विरहित दृष्टि, दृष्टि से स्नेह और आनंद।

(ई) सिद्ध पुरुषों का मन व्यापार रहित होता है। जैसे हाथों से भी अपेक्षा क्या है ? हाथ जोड़कर नमस्कार करने के लिए होते हैं, भयग्रस्त को अभय, गिरे हुए को उठाने हेतु, दुःखी को सांत्वना, यह अभ्यास भी हाथों को होना चाहिए।

(उ) उपर्युक्त सभी बातें मन से संबंधित हैं, सब अहिंसा के बाह्य रूप हैं। वे मन से अलग नहीं होते हैं। यदि मन में नहीं तो बाह्य प्रकटीकरण भी कठिन; वाणी, दृष्टि, हाथ का सूत्रधार तो मन है। मन की संपदा ही इंद्रियों की संपदा होती है, अतः काया-वाचा-मन से अहिंसक बनना है।

- **क्षांति :** किसी के अपराध करने पर मन में विकार निर्माण न होना, यानी क्षांति, यानी सहनशक्ति। अपमान, उपेक्षा, निंदा अथवा स्तुति, सहनशक्ति का अभिमान भी न रखें, ऐसा व्यक्ति।
- **आर्जव :** अंतःकरण की, हृदय की सरलता, अकुटिलता, जैसे बालक माता के पास निःशंक होकर जाता है। हीन बुद्धि का वर्तन न करें, अनावश्यक, कृत्रिम स्तुति, वाचा में संदिग्धता (अस्पष्ट) न रहे, निष्कपट और निर्मल, यही आर्जव का रूप है।

- **आचार्योपासना :** गुरु की केवल शारीरिक सेवा नहीं, गुरु के हृदय की शुद्धता और तत्त्व निश्चय बुद्धि के साथ तादात्म्य करने का प्रयास वास्तविक आचार्योपासना है।

  शिक्षा केंद्र के प्रति रुचि, गुरु का ध्यान, गुरुसेवा का संकल्प, यह सब आचार्योपासना है।
- **शौचम-शुद्धता :** शरीर, वस्त्रादि के साथ ही बाह्य वातावरण, यानी परिवेश, मन की भावना, विचार तथा अपना उद्देश्य, यह सब शौचम से अभिप्रेत है।
- **स्थैर्य स्थिरता :** जीवन के लक्ष्य-प्राप्ति के लिए दृढ़ निश्चय और निष्ठा के साथ प्रयत्नों की आवश्यकता रहती है। जैसे ग्रह-नक्षत्र भ्रमण करते हैं, परंतु आकाश स्थिर रहता है।
- **आत्मसंयम, आत्मनिग्रह :** समस्त आवश्यक, अनिवार्य व्यवहार दस इंद्रियों द्वारा ही होते हैं, परंतु मन और इंद्रियों पर संयम होना आवश्यक है और वह योग साधना से ही संभव है।
- **विषय वैराग्य :** विषयों के साथ जीवन यात्रा चलेगी, मन से विरक्त रहना, उसी का चिंतन नहीं करना, दमन करना यह मार्ग नहीं, वह मिथ्याचार की श्रेणी में आता है, अतः यह वैराग्य नहीं।
- **अहंकार अभाव :** अनहंकार, शरीर द्वारा होनेवाले कार्य और अनुभव के साथ तादात्म्य होने से अहंकार का उदय होता है। अपेक्षित आवश्यक सारे काम करें, परंतु 'मैं' को दूर रखने का प्रयास आवश्यक।
- **दुःखदोषानु दर्शनम् :** वर्तमान दशा की असंतुष्टि ही हमें श्रेष्ठतम और सुखद स्थिति को प्राप्त करने की प्रेरणा दे सकती है। इस दृष्टि से व्यक्ति और राष्ट्र में जागरूकता लाने के प्रयास करने पड़ते हैं। धार्मिक, सामाजिक, राजनैतिक नेतृत्व लोगों को गरीबी और पतन का बोध कराने का काम करता है। परिणामतः जन-उत्साह के साथ आनंद और समृद्ध जीवन जीने का प्रयत्न प्रारंभ करते हैं। साथ ही आंतरिक श्रेष्ठता का पूर्णतया भान नहीं होता, तब तक

व्यक्ति और समाज स्वनिर्मित दुःख और समस्या में पड़ा रहता है। इसीलिए साधक को अपनी दशा को विचारपूर्वक देखना चाहिए, तभी आध्यात्मिक जिज्ञासा, बौद्धिक सामर्थ्य, मानसिक उत्साह, शारीरिक सामर्थ्य आदि गुणों का संवर्धन होगा।

- **जन्म-मृत्यु जरा व्याधि :** शरीर हैं तो ये अनायास ही प्राप्त होते हैं। ये सभी दुःखों के स्रोत हैं। दुःखों के प्रति जागरूकता आने से व्यक्ति मुक्ति पाने को अधीर हो जाता है। सावधान भी हो जाता है। परंतु जन्म प्राप्त होने के पूर्व यह किसे स्मरण रहता है कि वह सावधान हो, यह सरल नहीं। जीवन के अनुभव से समझकर पूर्णत्व की साधना करने की प्रेरणा ही मुक्ति का मार्ग प्रशस्त करती है।
- **मृत्यु :** जन्म है तो मृत्यु निश्चित है, ऐसा सोचकर सावधान होने की प्रक्रिया प्रारंभ करना संभव है। पुनर्जन्म से बचा जा सकता है, यदि वर्तमान जन्म में प्रयास करेंगे तो इसी से जन्म-मृत्यु का संकट समाप्त होगा।
- **वृद्धत्व :** वृद्धत्व आने की पूर्व युवावस्था में चिंतन करना पड़ता है। कभी-न-कभी क्षमता कम होने ही वाली है। सभी इंद्रिय (ज्ञान-कर्म) क्रमशः दुर्बल होते जाते हैं। निकटवर्ती भी ऊब जाते हैं। यह सब समझकर युवावस्था में ही स्वयं को संयमित करना है, इसी कारण कष्ट कम होते हैं। वृद्धत्व आने पर न अध्ययन, न साधना संभव होती है। आत्मोद्धार का मार्ग युवावस्था में निश्चित करना होता है।
- **परिवार अनासक्ति :** सामान्यतः आकर्षण वस्तु अथवा व्यक्ति का होता है, उसे ही सक्ति अथवा संग कहते हैं। उसका अभाव यानी असिक्त। हमारे दुःख का कारण व्यक्ति अथवा विषय नहीं तो उनके प्रति प्रेम-आकर्षण है। हम 'असक्त' से 'आसक्त' होते हैं। धर्मशाला के संदर्भ जैसा भाव रहता है, वैसा भाव शरीर के संदर्भ में रहे तो कष्ट नहीं। मार्ग में वृक्ष से छाया, वैसे ही जीवन यात्रा में परिवार में उतनी ही आस्था रहे। परिवार के प्रति आसक्ति आती है वही ज्ञानी,

इसका अर्थ यह नहीं कि परिवार संबंधी कर्तव्य पालन से दूर रहना उसका निर्वहन करना ही है।

- **समचित्तत्व :** जीवन में इष्ट यानी आनंद देनेवाली बातों से अथवा अनिष्ट यानी कष्ट अथवा दुःख देनेवाली वृत्ति विचलित न होते हुए समान रहती है, उसे ही ज्ञानी कहते हैं। संवेदनाएँ रहेंगी, परंतु परिणाम नहीं होगा।
- **अनन्य भगवद् भक्ति :** परमात्मा से अधिक अच्छा और कुछ नहीं है। ऐसा असामान्य निश्चय काया, वाचा, मन से करता है, वह अनन्य भक्त कहलाता है। अनन्य का अर्थ है—मन लक्ष्य के विषय में एकाग्र और अन्य विषयों का त्याग, जैसे उदय-अस्त सूर्य के साथ ही होता है। ऐसी अनन्य भक्ति जिसकी, वही आत्मज्ञानी मनुष्य है।
- **एकांतवास :** तीर्थक्षेत्र, पवित्र तपस्थल, अतिगहन पर्वत अथवा वन निवास हेतु अच्छे लगते हैं। ऐसे स्थान ही साधना के लिए अनुकूल होते हैं। सुगठित जीवन और ध्यान की स्थिरता के लिए अनुकूल होते हैं। एकांतवास में निवास और भीड़ से अरुचि इससे मन की शुद्धता और भोगों से विरत हो जाता है। परिणामतः ज्ञान की भूख बढ़ती है। जन समुदाय से अरुचि का अर्थ समाज से पलायन अथवा द्वेष नहीं।
- **अध्यात्म ज्ञान :** ज्ञान से परमात्मा की प्राप्ति होती है। ज्ञान के बिना परमात्मा प्राप्ति संभव नहीं, ऐसा ज्ञानी न स्वर्ग प्राप्ति की इच्छा रखता है, न सांसारिक सुख की, अन्य सब छोड़कर बुद्धि और मन केवल आध्यात्मिक ज्ञान में लगता है। अखंड और सुस्थिर ध्रुव के समान ज्ञान-प्राप्ति का निश्चय रहता है, वही ज्ञान रूप अंतःकरण कहलाता है।
- **परतत्त्व आकलन :** एकमात्र अंतिम फल 'परब्रह्म' तत्त्वज्ञान पूरा समझ लिया, परंतु 'ज्ञेय' यानी ज्ञान का फल प्राप्त नहीं तो सब व्यर्थ है। साक्षात्कार के बिना ज्ञान व्यर्थ। बुद्धि की निर्दोषता से ही ज्ञान-प्राप्ति होती है, उसे ज्ञानी ब्रह्म मानता है। ज्ञान के प्रकाश में जिसे ज्ञेय, यानी ज्ञान का फल प्राप्त होता है, उसे परतत्त्व मिल गया, यह निश्चित है।

२७. अज्ञानी के लक्षण

- **सम्मान** की अपेक्षा और सम्मान प्राप्ति से अहंकार।
- **दांभिकता :** धार्मिकता का प्रदर्शन करना, स्व कर्मों का प्रचार करना।
- **हिंसक :** जिसका दुराचार अन्यों को दुःख देता है, सामान्य वाणी भी कठोर रहती है, विघातक संकल्प करता है, वह अज्ञानी होता है।
- **मन से क्षुद्र :** लाभ-हानि, प्रसन्न-दुःखी होता है, स्तुति सुनते ही गर्वयुक्त होता है और निंदा से निराश अज्ञानी का ही लक्षण है।
- **कुटिल :** मन में गाँठ और बाहर से मुक्तपन दर्शाता है, वचन एक को और सहाय किसी और को, ऐसा व्यवहार रहता है।
- **गुरु द्रोही :** गुरुकुल के प्रति लज्जा, गुरुभक्ति से ऊबना, गुरु के विरुद्ध खड़ा रहना, ये अज्ञान के ही लक्षण हैं।
- **निर्लज और लोभी :** आलस्य, वाणी की कटुता, नित्यकर्म न होने का दुःख न होना, केवल धन की लालसा, परिणाम ध्येय से परावृत्त होता जाता है।
- **चंचल और भयग्रस्त :** चंचलता मर्कट बनाती है, संयम छूट जाता है, दुःखद घटना से विचलित हो जाता है।
- **मर्यादाहीन :** स्वकर्म त्याग, नियम बाह्यवर्तन, निःसंकोच पापकर्म, करणीय-अकरणीय विवेक समाप्त, ऐसा व्यक्ति अज्ञानी ही होता है।
- **ज्ञान का अहंकार**
- **जन्म-मृत्यु** क्रम का विस्मरण।
- **वृद्धत्व** का विस्मरण आदि अज्ञानी के लक्षण हैं।
- अविवेक, गृहासक्ति, कामासक्ति, स्वार्थी भक्ति आदी अज्ञान के ही लक्षण हैं।

२८. ज्ञेय वर्णन : ज्ञान के बिना ज्ञेय समझना कठिन, अज्ञान ज्ञेय का आरंभ नहीं होता। विश्वाकार को ही विश्व मानते हैं, यह माया है। ज्ञेय का वर्णन नहीं कर सकते, क्योंकि उसका कोई दृश्यरूप नहीं, अतः अस्तित्व का बाह्य प्रमाण नहीं, अतः सर्वत्र है।

- **ज्ञेय का सर्व व्यापित्व :** सर्वत्र है, सभी समय है (काल और स्थल के अतीत हैं), स्थूल-सूक्ष्म क्रियाकलाप ज्ञेय के कारण ही है। ज्ञेय के नेत्र नहीं फिर भी उसे 'विश्वतश्चक्षु' कहते हैं। विश्व मूर्धा, विश्वतो मुख, विश्वतःश्रुति ये नाम वेदों ने दिए हैं। व्यापित्व समझने के लिए निराकार नाम दिया है।
- **इंद्रिय गुणों से ब्रह्म विभक्त है :** इंद्रिय भौतिक पदार्थ है, अतः नाशवंत है, परंतु इंद्रियों में चेतना निर्माण करनेवाला आत्मा सनातन, निरंतर और अविकारी है। आत्मा असक्त रहकर भी सभी में रहता है। कपास वस्त्र में, परंतु वस्त्र कपास नहीं। विविधता से भरी यह सृष्टि चैतन्य ब्रह्म नहीं, परंतु ब्रह्म उसमें है।
- **ज्ञेय का विभाजन :** (केवल समझने के लिए) ब्रह्मा के ४ प्रकारों का वर्णन पूर्व अध्यायों में आया है—१. क्षेत्र (शरीर), २. ज्ञान, ३. ज्ञेय, ४. अज्ञान, इन सबको एक न मानते हुए अब २ भागों में—१. आत्मा, २. अनात्मा एक और प्रकार प्रकृति और पुरुष, जिसे सांख्यमत कहा जाता है। (कपिल मुनि द्वारा प्रस्तुत) यह निर्दोष है।
- **सांख्य मत में ज्ञेय :** प्रकृति और पुरुष मिलकर ही चलते हैं। यहाँ पर क्षेत्र को ही प्रकृति कहते हैं। क्षेत्रज्ञ को ही पुरुष कहा गया है। कर्म का मूल कारण दशेंद्रिय, बुद्धि, सत्त्व-रज-तम गुण हैं। संयुक्त प्रकृति के कारण पुरुष यानी क्षेत्रज्ञ वह अरूप, अचक्षु, अश्रवण, अहस्त, आचरण और नाम हीन है। परंतु प्रकृति-पुरुष को प्रेरित करती है, अतः प्रकृति-पुरुष पर प्रभावी रहती है।
- **प्रकृति-पुरुष भिन्नता :** प्रकृति अनित्य और पुरुष नित्य। पुरुष ही शास्ता (संचालक) है, इसके कारण प्रकृति जीवित रहती है। देह में जो परमात्मा है, उसे ही पुरुष कहते हैं।
- **प्रकृति :** पुरुष का ज्ञान यही मोक्ष का मार्ग है। पुरुष का प्रकृति के साथ तादात्म्य होने के कारण जीवों का निर्माण होता है। दुःखों को भोगता है और विविध योनियों में जन्म लेना पड़ता है। जब प्रकृति-

पुरुष संदर्भ में विवेक जाग्रत् होता है, तब मोक्ष का, मुक्ति का मार्ग प्रशस्त होता है।

(अ) विवेक की साधना : प्रकृति छत्तीस भेद में विभक्त है, ऐसा ज्ञान होने से आत्मतत्त्व उचित का, शुद्ध का चयन करता हैं।

(आ) गुरु भक्ति : गुरु के मार्गदर्शन को तन–मन–धनपूर्वक स्वीकार करते हैं। संपूर्ण विश्वास रखते हैं और ज्ञान प्राप्ति से अनुभव प्राप्त होता है।

२९. सृष्टि उत्पत्ति का कारण : क्षेत्र–क्षेत्रज्ञ दोनों स्वतंत्र रूप से इस चराचर सृष्टि के उत्पत्ति का कारण नहीं हैं। दोनों के संयोग से ही उत्पत्ति हुई है।

३०. अभेद दृष्टि : क्षेत्र–क्षेत्रज्ञ संयोग से सृष्टि की प्रतीति (अनुभूति) होंती है। परमात्मा ही है, जो चेतन सृष्टि में समभाव से रहता है। जैसे जलधारा असंख्य पर जल एक, विभिन्न प्राणी, परंतु सर्वत्र ब्रह्म एक।

३१. देह वर्णन : पंचमहाभूतों से निर्मित, कफ–वात–पित्त द्वारा संचालित। इंद्रियों के प्रभाव से क्रियान्वित, शरीर में ज्ञानी जब तक है, तब तक किसी प्रकार का संकट नहीं।

३२. साम्य बुद्धि से ब्रह्म प्राप्ति : योग मार्ग पर अग्रसर होना चाहिए। नादब्रह्म (ओंकार), तुरीय अवस्था साधना से, वैराग्यादि से मुक्ति होगी। योग साधना से साम्य बुद्धि, वहीं परम भाग्य संपन्न होता है।

३३. अकर्ता आत्मा : कर्मेंद्रियों द्वारा होनेवाले कर्मों की कर्ता प्रकृति ही है, इसका ज्ञान होने से आत्मा निर्जीव के समान तटस्थ रहता है। यह समझ में आता है, ऐसे अकर्ता आत्मा को जानना है।

३४. अनेकता में एकत्व : बौद्धिक विश्लेषण और प्रायोगिक प्रत्यक्षीकरण से वैज्ञानिक अध्ययन की पूर्णता होती है। वैसे ही समस्त नाम और रूपों के पीछे एक आत्मतत्त्व ही सत्य है। यह जानना पूर्ण ज्ञान नहीं। पूर्णता इसमें है कि एक आत्मा से विविधता की सृष्टि कैसे प्रकट होती है, यह जानना ज्ञानी पुरुष स्व स्वरूपानुभूति से यह अनुभव करता है। एक ही आत्मतत्त्व सब में व्याप्त और सबका पोषण करता है। सभी ऊपरी नाम–रूप में भी व्याप्त है।

३५. देह और आत्मा का संबंध : चैतन्य आत्मा के सान्निध्य से ही देह के द्वारा सब कर्म होते हैं, परंतु आत्मा सदा अकर्ता रहता है। क्षेत्रज्ञ, यानी देह कर्ता भी और फल का भोक्ता भी है। आत्मा शरीर में स्थित होने के कारण उसकी साक्षी से सब होता है, अत: दोष मुक्तत्व भी आवश्यक है। न्यायाधीश अपराधी को मृत्युदंड देता है, परंतु उसे हत्या का पाप तक नहीं लगता। देह नाश पाता है, परंतु आत्मा का वर्णन नित्य सिद्ध मुक्ति, ऐसा ही किया है।

३६. आत्म स्वरूप : अनादि है, उसका प्रारंभ ही नहीं, अर्थात् कारण रहित है। निर्गुण है, गुणवान वस्तु विकारी होती है। मूर्त अथवा अमूर्त नहीं, मुक्त अथवा बद्ध नहीं, उत्पत्ति और विलय नहीं।

- शरीर में आत्मा न कुछ करता है, न करवाता है। देह में रहकर भी वह अलिप्त है।
- आत्मा आकाश के समान है, आकाश नहीं ऐसा स्थान नहीं, वैसे ही आत्मा नहीं ऐसा स्थान नहीं।
- सूर्य : आत्मा सूर्य के समान है। जैसे आकाश में सूर्य एक ही होता है, वैसे ही एक आत्मा शरीर, मन और बुद्धि को यानी क्षेत्र को प्रकाशित करता है।
- क्षेत्र-क्षेत्रज्ञ का विवेक यही मोक्ष का साधन है। आत्मानुभव का साधन अंत:प्रज्ञा कहलाता है। हिंदू शास्त्रों में ज्ञानचक्षु कहा गया है।

□

अध्याय-१४

१. परा-अपरा ज्ञान : परा ज्ञान सर्वोत्तम है। परा ज्ञान से जो स्वयंसिद्ध मुक्तता है, उसका ज्ञान होता है, स्वयंभू ही विषयोपभोग से मुक्त होते हैं। देहमूलक द्वैतभाव समाप्त होता है। 'मैं' और 'तू' का भेद समाप्त हो जाता है।

२. अज्ञान : स्वयं का पूर्ण रूप से विस्मरण यानी अज्ञान। स्वप्न, समाधि अथवा जागृति, ये तीनों न रहकर केवल सुषुप्ति ही रहती है। दिन-रात के मध्य संध्या काल होता है, वैसे ही यथार्थ का विपरीत ज्ञान ही अज्ञान होता है।

३. क्षेत्रज्ञ : अज्ञान को बढ़ाकर स्वयं को भी पहचान न सके, ऐसी अवस्था क्षेत्रज्ञ कहलाती है।

४. सृष्टि यानी भ्रांति : स्वरूप में दृष्टि हटती है, तब सब सृष्टि का निर्माता मैं हूँ, यह भाव विकास पाता है। जैसे स्वप्न में विविध दृश्य दिखाई देते हैं और उस क्षण वास्तविक लगते हैं, परंतु जागृति से वास्तविकता ध्यान में आती है।

५. माया : अनादि है, नित्य युवावस्था में रहती है, अवर्णनीय होती है, ज्ञानी उसे 'अविद्या' कहते हैं। उसे व्यक्ति निकटस्थ मानता है। इसकी कोई सीमा नहीं होती, इसका स्वीकार करने से और ताकतवर बनती है। नई-नई कल्पना और अपेक्षाओं को जन्म देनेवाली बन जाती है।

६. चतुर्विध योनि : अंडज, स्वेदज, उद्भिज और जारज। गर्भ में आकाश और वायु के प्रभाव से निर्माण होता है, वह 'अंडज'। तम, रज, सत्त्व ये प्रमुख, जहाँ जल का प्रभाव रहता है, वह 'स्वेदज'। पृथ्वी और जल की मात्रा अधिक और तमोगुण प्रभावी रहता है, वह उद्भिज और जहाँ पंचभूत

की बाह्य इंद्रिय, मन, बुद्धि यह अंतरिंद्रीय सुयोग्य ढंग से दिखाई देते हैं, वह जारज कहलाता है।

७. गुण विवेचन : गुण शब्द अध्यात्म शास्त्र का, पारिभाषिक शब्दावली का है। (अन्य भाषा में अनुवाद नहीं कर सकते, अंग्रेजी में समानार्थी कोई शब्द नहीं है।) मनोविज्ञान का सैद्धांतिक और प्रायोगिक निरीक्षण पूर्ण करेंगे, उसके पश्चात् ही उत्पन्न होनेवाले विचारों पर इन गुणों का प्रभाव समझ सकेंगे। आध्यात्मिक साहित्य में सत्त्व, रज और तम—इन गुणों का वर्णन क्रमशः श्वेत, रक्त और कृष्ण वर्ण के रूप में किया जाता है।

८. 'सत्त्व'-बंधन : आत्मा देहातीत रहता है, जब वह देहवंत होता है, बाह्य ज्ञान प्राप्त होता है और स्वयं को ज्ञानवंत मानना आरंभ करता है। जीवन के विविध शास्त्रों का ज्ञाता बन जाता है। और मेरे जैसा अन्य कोई नहीं, ऐसा मानता है। 'मैं' को असामान्य मानने लगता है। अहंकार के कारण आत्मसुख खो बैठता है।

९. रजोगुण बंधन : व्यक्ति का रंजन होता है, इसलिए इसे रज कहते हैं। अभिलाषा सशक्त बनी रहती है। आकांक्षाएँ विकार रूप ले लेती हैं। कभी तृप्ति नहीं होती। अधिकाधिक प्राप्त करना ही लक्ष्य बन जाता है, लालसा रहती है। रजोगुण अत्यंत चंचल रहता है।

१०. तमोगुण बंधन : तमोगुण अज्ञान से उत्पन्न होता है। सत्य-असत्य का विवेक करने की क्षमता आच्छादित हो जाती है। परिणामतः मिथ्या धारणा और आग्रह रखकर व्यक्ति निम्न स्तर का व्यवहार करनेवाला बनता है। असावधानी और आलस्य का शिकार बनता है। तमोगुणी व्यक्ति में न लक्ष्य की स्थिरता और न बुद्धि की प्रतिभा शेष रह जाती है।

११. त्रिगुणों का प्रभाव : जब सत्त्व का प्रभाव रहता है तो जीव स्वयं सुखी रहता है और जब रजोगुण प्रबल होता है, तब व्यक्ति कर्म को श्रेष्ठ मानता है तथा तमोगुण प्रभावी होने से सहज कई प्रकार के प्रमाद (गलतियाँ, अपराध) उसके द्वारा होते हैं।

१२. सत्त्व गुणी के लक्षण : सभी ज्ञानेंद्रिय और कर्मेंद्रीय विवेक के साथ और ज्ञान के साथ अपना-अपना कार्य करते हैं। कर्म करते-करते वह

आनंद से मृत्यु का वरण यानी स्वीकार करता है। अगले जन्म में उसे ज्ञान-संपन्न कुल प्राप्त होता है।

१३. रजोगुण के लक्षण : ऐसा व्यक्ति चंचल प्रवृत्ति का रहता है। परिणामत: थका देनेवाले कर्म, व्यथित करनेवाली इच्छाएँ, पीड़ादायक लालसा, उन्मत्त बनानेवाला लोभ, ऐसा व्यवहार व्यक्त होता है, इसी कारण उसके दु:ख भी असीम हो जाते हैं और आसपास के लोग भी व्यथित होते हैं। मनुष्य योनि में ही पुन: जन्म लेता है। रजोगुणी व्यक्ति पुन: नए जन्म के पश्चात् कर्म में ही रत हो जाता है। कभी समाप्त न होनेवाली यह कामना 'स्पृहा' कहलाती है।

१४. तमोगुणी के लक्षण : तमोगुणी व्यक्ति उत्तरदायित्वों से दूर भागता है। किसी भी कार्य को करने में न उत्साह रहता है, न स्वयं को क्षमतावान मानता है। अक्षम अनुभव करता है। यह सब 'अप्रवृत्ति' के लक्षण हैं। ऐसा व्यक्ति अत्याचारी भी नहीं बन सकता, क्योंकि उसके लिए भी अत्यधिक उत्साह और क्रियाशील रहना पड़ता है। शनै:-शनै: मोह के गर्त में जाता है। केवल अन्यों की त्रुटियाँ देखकर, संभावनाओं को स्वयं के जीवन में भी समझ नहीं पाता, ऐसे लोगों का जीवन एक भ्रमयुक्त अस्तित्व हो जाता है। बोझ बनकर रह जाता है। ऐसी अवस्था में मृत्यु को प्राप्त होगा तो पुनर्जन्म में वैसा ही बन जाता है। तमोगुणी व्यक्ति पुनर्जन्म में मनुष्य योनि में जन्म लेगा, ऐसा नहीं कहा जा सकता।

१५. तीनों गुणों का फल : अंत:करण का विचार ही समस्त कर्मों का जनक होता है। विचार बीज और कर्म उपज है। शुभ संकल्प से शुभ और अशुभ संकल्प से अशुभ कार्य ही होंगे। नीम के पेड़ पर सुंदर फल आते हैं, परंतु कड़वे होते हैं। ज्ञान सत्त्व का मूल, लोभ रज का मूल और अज्ञान, प्रमाद ये तमस के मूल है।

१६. गुणातीत अवस्था : जब साधक सत्त्व-रज-तम, इनको कर्ता न मानते हुए इन गुणों से परे ईश्वरी तत्त्व को कर्ता मानता है तो वह साधक परमात्मा स्वरूप को प्राप्त होता है।

- कार्य करानेवाला चेतन वह मन से भिन्न रहता है। मन के द्वारा

होनेवाले कार्य चेतना के कारण ही होते हैं। वही व्यष्टि जीव कहलाता है। परमात्मा स्वरूप को प्राप्त होता है यानी क्या? जल में लहरें उठती हैं, तब ध्यान में आता है कि दिखाई देनेवाला प्रतिबिंब है। नट अलग-अलग भूमिका करता है, परंतु वह स्वयं जानता है कि वह कौन है। देह के द्वारा किए कर्मों के कारण दुःख कष्ट का अनुभव आता है, जब देह के साथ तादात्म्य-एकत्व हो जाता है, तात्पर्य है—आनेवाले अनुभव असत्य-मिथ्या हैं, अतः अहंभाव को त्यागकर साक्षीरूप बनने की स्थिति प्राप्त करना ही गुणातीत अवस्था कहलाती है।

१७. गुणातीत व्यवहार : जहाँ सत्त्व गुणों का रोमांचक सुख नहीं है, न रजोगुणों की चंचलता और न ही तमोगुण की थकान, वही आनंद स्वरूप है। त्रिगुणों से मुक्त व्यक्ति अज्ञानवश प्राप्त 'अहं' और 'मम' (मैं और मेरा) भाव से मुक्त होता है। जगत् में प्राप्त अनुभव सुख-दुःख, प्रिय-अप्रिय तथा निंदा-स्तुति इसे वह समान भाव से देखता है और परिणाम से बचता है, इसे ही साम्य पूर्ण आचार कहते हैं। सामान्य व्यक्ति उपर्युक्त अनुभव अपने जीवन में करता है। ऐसी परिस्थिति में मन से स्थिर और व्यवहार में सम रहता है, उसे ही 'गुणातीत' कहा जाता है।

१८. गुणातीत होने का उपाय : एकाग्रचित्त से आत्मा के बृहत्, अनंत स्वरूप का चिंतन करना। मन को दीर्घकाल तक ध्यान में स्थिर रखना, यह आसान नहीं, कठिन है। अतः और एक उपाय है, ईश्वरार्पण भाव से होनेवाली सेवा ईश्वर की पूजा ही मानी जाती है। स्वामी विवेकानंद जीव सेवा शिव सेवा, दरिद्र नारायण की कल्पना रखते हैं, अतः व्यक्ति को ईश्वर स्मरण और शिव भाव से जीव की सेवा मन के अनेक विक्षेपों से दूर रहकर साधना के योग्य बनाती है।

१९. परमात्मा स्वरूप : उत्तम साधक ब्रह्म स्वरूप का अनुभव कर स्वयं ब्रह्म बन जाता है।

२०. अव्यभिचारी भक्ति : हिमालय और हिम कण अलग नहीं, वैसे ही साधक-ईश्वर अभिन्न है। साधना से तमस और रजस का प्रभाव कम होता

जाता है, उसी अनुपात में सत्त्व गुण प्रधान साधक साधना योग्य बनता है, ऐसे साधक आत्मानुभूति का अनुभव अल्प समय में कर लेते हैं। परायापन समाप्त होता है। ईश्वर और भक्त एक हो जाते हैं। 'मैं गुणातीत हूँ' यह भाव भी समाप्त होता है। क्रमशः हम एक हैं, यह विचार भी शेष नहीं रहता, उसे ही परमोच्च अवस्था कहा है, इसे ही 'सायुज्य', यानी 'एक' ही, ऐसी अवस्था आती है। मैं ब्रह्म हूँ—अहं ब्रह्मास्मि से हूँ कि समाप्ति केवल 'ब्रह्मास्मि', परंतु अस्मी भी समाप्त और केवल 'ब्रह्म' ही रहता है। स्वयं ब्रह्म बन जाता है।

□

अध्याय-१५

१. संसार वृक्ष का वर्णन : ज्ञानी पुरुष संसार वृक्ष का वर्णन करते हुए कहते हैं कि इस वृक्ष की जड़ें ऊपर और शाखाएँ नीचे की ओर हैं। इसका वर्णन 'अश्वत्थ' वृक्ष किया गया। पीपल-अश्वत्थ एक ही हैं। 'श्व' का अर्थ आनेवाला कल, 'त्थ' का अर्थ है स्थित रहनेवाला। 'अ' नकारात्मक दर्शाता है। 'अश्वत्थ' यानी अगले क्षण पूर्ववत् स्थित न रहनेवाला अर्थात् इस शब्द से अनित्य और परिवर्तनशील दृश्यमान जगत् को इंगित किया है। संसार को वृक्ष कहने का कारण यह है कि उसे काटा जा सकता है। वैराग्य के द्वारा समस्त दुःखों को दूर करना संभव है।

२. माया विस्तार : परब्रह्म इस संसार वृक्ष का मूल है। वेद इस वृक्ष के पर्ण हैं। (वेद यानी ज्ञान) ज्ञान से मनुष्य के जीवन में गति आती है। ज्ञानवृद्धि से लक्ष्य स्पष्टता से समझ में आता है। परिणामतः उसे पाने के लिए साधक परिश्रम करता है। पर्ण अधिक, यानी ज्ञान जितना अधिक होता है, व्यक्त जीवन उतना ही प्रभावी होता जाता है। जो वृक्ष के ऊर्ध्वमूल को पहचानता है, वही पुरुष वेदवित है।

३. महत् तत्त्व : ज्ञानवृत्ति की प्राथमिक अवस्था ही महत् तत्त्व, त्रैगुण (सत्त्व, तम, रज) यह एक अंकुर है, जो नीचे की ओर बढ़ता है। अहंकार वृक्ष की एक शाखा बुद्धि है, जिसके कारण भेद वृद्धि होती है। जो शाखा लचीली होती है, वही मन है। ऐसा यह संसार वृक्ष मजबूत होता जाता है। पंचमहाभूत पश्चात् पाँच ज्ञानेंद्रिय, पाँच कर्मेंद्रिय विकसित होते हैं, इस प्रकार संसार वृक्ष का विकास होता है।

* **अश्वत्थ :** ऐसा यह वृक्ष अव्यय यानी निरंतर निर्माण होता है। वह अस्थिर यानी नित्य परिवर्तन होता रहता है। साथ ही विस्तार भी होता है, यही अश्वत्थ वृक्ष कहलाता है।

- विस्तार में तीन गुणों का प्रभाव रहता है। रजोगुण से मनुष्य जाति की शाखाएँ बढ़ती हैं। तमोगुण से मनुष्यों में नीच वासनाएँ बढ़ती हैं और सत्त्व गुण का प्रभाव बढ़ने से मनुष्य सन्मार्ग पर, श्रेष्ठ कार्य करने के लिए प्रवृत्त होता है।

* **अव्यय :** संसार वृक्ष को अव्यय भी कहते हैं। इस वृक्ष का निर्माण होना और नष्ट होना, यह सहजता से ध्यान में नहीं आता। अव्यय शब्द यही संकेत करता है। जैसे कोई चक्र गति से घूमता है, देखनेवालों को स्थिर लगता है। पत्ते, टहनियाँ कब आती हैं, कब जाती हैं, ध्यान में नहीं आता। प्रलय काल में सब समाप्त और उदय काल में पुनः निर्माण, यह क्रम चलता है। इसी कारण अव्यय कहलाता है।

- **अस्थिरत्व :** गतिमान है, अज्ञान के कारण सुस्थिर लगता है। जिसने इस प्रकार संसार वृक्ष का मिथ्यापन समझ लिया, वही ज्ञानी योगी है।

२. संसार वृक्ष का उच्छेद : लौकिक वृक्ष को समझकर इसे काट नहीं सकते। यह व्यक्त हुए जगत् का प्रतीक है। कोई भी वृक्ष आदि, अंत या प्रतिष्ठा देख नहीं सकता। यह तो परम सत्य के अज्ञान से उत्पन्न होता है। वासनाओं के प्रभाव पर इसका अस्तित्व बना रहता है। किंतु आत्मा के अपरोक्ष ज्ञान से यह समूल नष्ट होता है। साधक को अपना ध्यान जगत् और कर्मों में से निवृत्त कर ऊर्ध्वमूल जो परमात्मा है, उसमें लगाना चाहिए। व्यावहारिक उपाय ही प्रार्थना है, "जहाँ से इस प्रवृत्ति का जन्म हुआ है, उस आदि पुरुष की शरण हूँ।" इस विवेक से ही इसका अनंतत्व अनादि यानी इसका प्रारंभ भी नहीं है, यह और साथ ही इसका अस्थिरत्व क्षणिकत्व भी समझ में आता है। आत्मज्ञान ही उपाय है।

३. वैराग्य की आवश्यकता : आत्मज्ञान सभी आसपास की भोग्य जगत् के प्रति उपेक्षा, उदासीनता से होता है।

- देहाभिमान छोड़कर आत्मानुभव (स्वयं अनुभव), अद्वैत बोध का जागरण निश्चय के साथ करना पड़ता है। आत्मानुभूति से अन्य सब गौण हो जाता है। ज्ञान एक शास्त्र है।
- कुआँ नहीं खोदेंगे, फिर भी उद्‌गम स्थान पर जल रहता है, वैसे ही बाह्य इंद्रियों से समझ में नहीं आता, ऐसा आत्मतत्त्व का अस्तित्व रहता है। अतः स्वयं को स्वयं में देखने के अभ्यास से यह संभव है।
- सांसारिक बातों से उबकर योग साधना, विरक्तता का भाव रखकर ब्रह्म पद की भी अनदेखी कर, समस्त विकारों को त्यागते हैं, वे ही अंतिम मूल साधन पर पहुँचने की योग्यता रखते हैं। वह आत्मज्ञान को प्राप्त करता है, वह पुनः वापस इस सांसारिक विश्व में नहीं आता है।

४. ब्रह्म पद का अधिकारी कौन? : जिसमें किसी भी लक्ष्य-प्राप्ति के लिए आवश्यक योग्यताएँ होती हैं, जिनका मन मान और मोह से निवृत्त हो जाता है, जो विकार मुक्त हो जाता है, विकल्पों का त्याग करता है (क्योंकि विकल्पों से मन में द्वंद्व निर्माण होता है), अंत में आत्मा के संबंध का विवेक भी समाप्त हो जाता है, वह परब्रह्म में विलीन हो जाता है।

५. परमात्मा का परमधाम : आध्यात्मिक जीवन का लक्ष्य है 'संसार में अपुनरावृत्ति'। गौरवमय पूर्णत्व की स्थिति को साधकों की 'परम गति' शब्द से वर्णित है। यहाँ धाम यानी कोई स्थान नहीं, अतः मनुष्य प्राप्त इंद्रियों से परमधाम न देख सकता है और न जान सकता है। सूर्य, चंद्र और अग्नि भी प्रकाशित नहीं कर सकते। सभी उपलब्ध स्रोत चैतन्य के दृश्य विषय हैं। हिंदू चिंतन में अपने कर्मों के अनुसार जीव पुनर्जन्म में नवीन देह धारण करता है। यह शरीर, देवता, मनुष्य, पशु आदि के होते हैं। परंतु यहाँ पर 'परमधाम' उसे कहा है, जहाँ पहुँचकर जीव पुनः लौटकर नहीं आता है। तो क्या सिद्धांत परस्पर विरोधी है? नहीं, जब तक जीवित, यह आभास है, वास्तविक नहीं, इसका ज्ञान नहीं होता, तब तक पुनर्जन्म। अज्ञान दूर होकर ज्ञान-प्राप्ति के बाद परमधाम पहुँचता है। पश्चात् पुनर्जन्म नहीं, यही इसका अर्थ है। ऊपर से भिन्न दिखाई देते हैं, परंतु जितनी साधना और उसके द्वारा विवेक की गहनता

(अधिक सूक्ष्म) आती है तो आत्मा-परमात्मा अभिन्न है, समझ में आता है, अतः मुक्त का स्वरूप भिन्न-भिन्न दिखाई देगा, परंतु भिन्न होता नहीं है। तब ज्ञात होता है कि 'जीव' अंश मात्र है। समस्त कर्म-व्यवहार के लिए जीव की उपस्थिति आवश्यक। जन्म-मृत्यु को सत्य मानना, यानी जल में दिखाई देनेवाले चंद्रमा को सत्य मानने के समान है।

६. आत्म विस्मृति का कारण अज्ञान : आत्मा मूलतः शुद्ध रहता है। प्रकृति से संबंध आते ही देहधर्म के साथ एक होता है। आगे उसके मोह में फँसता है, परिणामतः आत्मविस्मृति की अवस्था आती है। असंख्य कर्म करता है, क्रमानुसार विविध फलों को प्राप्त करने की इच्छा से एक शरीर छोड़कर अन्य शरीर में प्रवेश करता है।

७. मरणोत्तर अवस्था : शरीर का जन्म अथवा मृत्यु होता है और आत्मा इन सब बातों से मुक्त है। अविवेकी ही मानते हैं कि आत्मा शरीर में आया और उसी ने सब प्रकार के विषयों का आनंद लिया और मृत्यु के साथ ही वह चला गया। वस्तुतः कर्म, भोग ये सब प्रकृति के धर्म-कर्म हैं।

- विवेक यह बताता है कि देह में देह धर्म और आत्मा में आत्मगुण, यह भेद समझनेवाले विवेकी कहलाते हैं।

बिना वैराग्य आत्मज्ञान संभव नहीं, अध्ययन से विद्वता आती है, परंतु विरक्ति के बिना परमात्मा से भेंट कैसे होगी। वक्तृत्व से विचार प्रस्तुति संभव, ग्रंथ संग्रह है, परंतु वाचन नहीं करेंगे तो ज्ञान कैसे संभव होगा? जब तक केवल चित्त में अहंता और मुख में शास्त्र हैं, करोड़ों जन्म मिलने से भी क्या उपयोग है।

८. परमात्मा स्वरूप की व्याप्ति : किसी प्रकार का भ्रम बुद्धि की सीमा के कारण रहता है। दर्शनशास्त्र का प्रयोजन जगत् के आदिस्तोत्र के संबंध में जिज्ञासा को शांत करना है। सत्य की खोज करनेवालों के कई प्रश्नों पर विज्ञान मौन रह जाता है। वहीं से दर्शनशास्त्र का क्षेत्र प्रारंभ होता है। भगवान् श्रीकृष्ण कहते हैं, भूतल का आधार, आकाश में व्याप्त मधुर अमृत चंद्ररूप में मनुष्यों की आवश्यकता की पूर्ति होती है, ऐसे—फल, पुष्प, अन्न और आहार पचन ठीक हो, इसलिए जठराग्नि काम करता है, उसे 'वैश्वानर' कहते हैं, यह सब

मेरे ही रूप हैं। अन्न निर्माण अग्निरूप में मेरे द्वारा ही होता है। यह परमात्मा स्वरूप की व्याप्ति है।

९. आत्मज्ञान की साधना : सत्संग, योगसाधना, सदाचारपूर्ण आवरण, आत्मा रूपी 'अहं' का दर्शन और उसके संदर्भ में अज्ञान की समाप्ति, यही साधना है।

१०. दो पुरुष : क्षर यानी नश्वर और अक्षर यानी अ-नश्वर, ये दो पुरुष हैं, जैसे आकाश में दिन और रात अथवा सूर्य का प्रकाश और ताप इन सब में परमात्मा है। क्षेत्र में वह विकारी और विनाशी होता है, ऐसे क्षेत्र को क्षर पुरुष कहते हैं। क्षेत्र को जाननेवाले क्षेत्रज्ञ आत्मा को 'अक्षर' कहा गया है। 'पुरुष' का अर्थ है पूर्ण क्षर और अक्षर उसी पूर्ण पुरुष दो व्यक्त रूप हैं। इस अक्षर आत्मा को वेदांत में 'कुठस्थ' कहते हैं (कूट का अर्थ—जिस पर सुवर्ण रखकर सुवर्णाकार आकार देता है, उसे 'निहाई' शब्द कहते हैं) इसमें 'निहाई' पर परिणाम नहीं होता, सारी प्रक्रिया में आत्मा अविकारी होता है, इसलिए इसे 'कुठस्थ' कहते हैं।

११. उत्तम पुरुष पुरुषोत्तम : नित्य परिवर्तनशील जगत् रूप में 'क्षर' और क्षर के ज्ञाता के रूप में 'अक्षर', इन दोनों से भिन्न वह है 'उत्तम पुरुष'। सुषुप्ति और स्वप्न इससे अलग जागृति वैसे ही मृगजल और सूर्य किरण से सूर्य भिन्न, वैसे ही क्षर-अक्षर से भिन्न पुरुषोत्तम वास्तव में वह भिन्न नहीं, एक ही आकाश के दो रूपों में 'घट और मठ' परंतु घट-मठ समाप्त होते हैं तो ज्ञात होता है कि आकाश एक ही है। अतः उत्तम पुरुष दृश्य और दृष्टा के रूप में अक्षर कहलाता है।

१२. अद्वैत ज्ञानी : स्वयं को परमात्मा स्वरूप से जानना ही वास्तविक बोध है। परमात्मा के साथ पूर्ण तादात्म्य स्थापित करता है। वही 'परम भक्त' है। अधिक प्रेम से अधिक तादात्म्य होता है, ऐसा जो पूर्ण तादात्म्य में कर लेता है, वही अद्वैत ज्ञानी सर्ववित कहलाता है।

□

अध्याय-१६

१. आत्मज्ञान-श्रेष्ठ उपाय : नित्य जीवन क्रम का आचरण करते हुए श्रेष्ठता को प्राप्त करना, जो मूल में है उसे पहचानना, यही साधना सार्वकालिक मानव जाति का तीन में वर्गीकरण किया गया है—दैवी, आसुरी और राक्षसी (अर्थात् सुधार के सर्वथा अयोग्य, इसका कारण संभवत: उसमें स्वत: आत्मविकास करने की कोई क्षमता नहीं होती।)। क्षेत्रज्ञ एक ही होने के बाद भी इतनी भिन्नता क्यों? सत्त्व-रज-तम गुणों का विभिन्न अनुपात यही कारण है। व्यक्ति को चाहिए कि स्वयं में दैवी-आसुरी गुणों को समझकर सद्गुणों का संपादन करे और अवगुणों का त्याग करे।

२. आत्मानुभव की जिज्ञासा : सम्यक् आत्मज्ञान की प्राप्ति और वृद्धि कैसे होगी? आत्मज्ञान प्राप्ति के प्रयासों में बाधाएँ क्या हैं? अनुकूल-प्रतिकूल क्या है? इस प्रकार की जिज्ञासा रहती है। शांति प्राप्ति हेतु दैवी संपदा कौन सी है और राग-द्वेष बढ़ानेवाली, जिसे आसुरी संपदा कहा जा सकता है, यह ज्ञान कैसे मिलेगा?

३. दैवी संपदा : दूसरों की सहायता करने के विविध गुणों को ही दैवी संपदा कहा है। ऐसे २६ गुण हैं—

- **अभय :** भय यानी अविद्या और जहाँ विद्या वह निर्भयता।
- **अंत:करण शुद्धि :** संकल्प-विकल्प, प्रिय-अप्रिय, रज-तम, लाभ-हानि इन सब भावों से मुक्त ही अंत:करण शुद्धि है।
- **ज्ञान-योग व्यवस्थिति :** ज्ञान-योग दो मार्ग में रुचि रखकर आत्मलाभ के लिए यत्न करना। चित्तवृत्ति से, निर्विकल्प भाव से ज्ञान-योग मार्ग को स्वीकार करना।

- **दान :** तन, मन और यथाशक्ति धन से संकट काल में मित्रों के साथ शत्रुओं को भी सहायता करना।
- **दम :** इंद्रिय संयम, उन्हें पूर्ण अधिकार देना, यानी अपनी शक्तियों का अपव्यय है।
- **यज्ञ :** वैदिक काल में श्रद्धा युक्त होम हवन, यानी यज्ञ का अनुष्ठान कहा जाता है। पौराणिक काल में कर्मकांड, मूर्ति पूजा के रूप में प्रार्थना–भक्ति आदि। इसी से दैवी गुण का संवर्धन होता है।
- **स्वाध्याय :** वेदों का नित्य पठन और अध्ययन, इससे जीवन में दैवी गुणों से जीने की प्रेरणा मिलती है। स्वाध्याय से केवल बौद्धिक स्तर बढ़ाना अपेक्षित नहीं तो आदर्श व्यक्तियों का अनुकरण करना है।
- **तप :** शारीरिक स्तर पर व्रत, उपवास आदि तप कहलाते हैं। तपाचरण से सदुपयोग हेतु शक्ति संचय होता है।
- **आर्जव :** सरलता, कर्मों में कुटिलता से साधक पर आत्मघातक परिणाम होता है। व्यक्तित्व में वक्रता आती है। अतः सरलता यत्नपूर्वक बनाए रखना दैवी गुण ही है।
- **अहिंसा :** विश्व कल्याण हेतु काया–वाचा–मनसा समस्त व्यवहार करना ही अहिंसा है।
- **सत्य :** संदेश निवारणार्थ स्पष्ट कहना, परंतु मधुर भाषा में, दूसरों को प्रभावित करने हेतु मधुरता नहीं, इससे सुननेवाले को कष्ट नहीं होता, उसे ही सत्य कहते हैं। प्रमाणों को उसी रूप में प्रकट करना।
- **अक्रोध :** किसी घटना अथवा किसी भी प्रकार के व्यवहार के कारण क्रोध आता ही नहीं, उसे अक्रोध कहते हैं।
- **त्याग :** अहंकार और स्वार्थ को छोड़ना ही त्याग। त्याग का अभाव ही क्रोध का कारण बनता है।
- **शांति :** उपर्युक्त गुणों में से मन में उत्पन्न होनेवाले विक्षेपों से बचना है। परिणामतः मन की शांति बनी रहती है। परिस्थितियाँ कितनी भी दुःखदायक और आक्रामक क्यों न हों, मन का संतुलन बना रहता है।
- **अपैशुनम :** किसी व्यक्ति के दोषों की सबके सामने चर्चा करना

'पैशुन' कहा जाता है; ऐसा नहीं करना 'अपैशुन' है। निंदा करने में आसुरी आनंद मिलता है, परंतु शस्त्र से भी अधिक हानिकारक होता है। मधुर संभाषण के गुण का विकास होने से अंत:करण भी अनुशासित होता है।

- **दया :** दु:खी, कष्टों के प्रति कृपा का भाव ही दया है। दूसरों के दु:खों को देखकर सबकुछ देकर भी मन से मानता है कि मैंने नहीं दिया, उसे 'स्वांत सुखाय' भी कहते हैं।
- **अलोलुपता :** लोभ और आकर्षण निर्माण करनेवाले विषयों की उपस्थिति से भी मन में विकारों का निर्माण न होना, यानी अलोलुपता।
- **मार्दव (मृदुता) :** शुभ कर्म करने में गर्व भाव से मुक्त रहना, अर्थात् नम्रता, विनयशीलता का होना।
- **लज्जा :** यहाँ पर लज्जा का अर्थ है निंद्य और निषिद्ध प्रकार के कर्म करने में लज्जा का अनुभव करना।
- **अचापलम :** मन की चंचलता और स्वभाव की अस्थिरता अनेक व्यवहार से प्रकट होती है। व्यसन, अश्लील चेष्टाएँ इत्यादि असंस्कृत व्यक्ति में दिखाई देते हैं।
- **आत्मसंयम :** विकसित सुसंस्कृत व्यक्ति का सौंदर्य समझा जाता है। अत: अचापलम गुण से अनेक प्रकार की दुर्बलताओं को दूर किया जा सकता है।
- **तेज :** यह केवल मुख मंडल की आभा नहीं, ज्ञानी पुरुष के बाह्य तेजस्वी स्वरूप से भी संबंधित नहीं। तत्त्वदर्शी व्यक्ति का तेज, यानी बुद्धि की प्रतिभा, नेत्रों से प्रकट होता आनंद, कर्म में अविचलित संतुलन, सब के प्रति स्नेह, सेवा करने में धन्यता मानता है।
- **क्षमा :** यहाँ पर 'क्षमा' का संदर्भ अलग है। बाह्य जगत् का प्रखर विरोध और उत्तेजना निर्माण करनेवाली परिस्थिति होने पर सामना करने का साहस और अविचलित शांति यानी क्षमा।
- **धृति :** धृति अर्थात् धैर्य। साधक में श्रद्धा की शक्ति, लक्ष्य के प्रति आस्था, उद्देश्यों में एकरूपता, आदर्श का दर्शन और त्याग की साहसिक भावना

ही धृति है, इसी से अवसाद, निराशा का परिहार होता है।

- **शौचम-शुद्धि :** अंतःकरण की शुद्धता के साथ परिसर, वातावरण वस्त्रादि की स्वच्छता का भी संकेत है। आंतरिक शुद्धता पर अत्यधिक बल देने के फलस्वरूप बाह्य स्वच्छता की कमी और उपेक्षा होती है, जो ठीक नहीं, शुद्धता और स्वच्छता का कोई पर्याय नहीं।
- **अद्रोह :** किसी को पीड़ा न पहुँचाना अहिंसा, और मन में भी हिंसा का भाव न आना अद्रोह है।
- **अमानित्व :** मान-मान्यता प्राप्ति में संकोच अनुभव करना। स्वयं के प्रति अतिशयोक्तिपूर्ण विचार न रखना।

उपर्युक्त २६ गुणों का वर्णन दैवी संपदा के रूप में किया है। श्रेष्ठ साधक के पास ये गुण होते हैं।

४. आसुरी संपदा : आसुरी संपदा दुःख का मूल कारण बनती है, रहती है।

- **दंभ :** जो नहीं है, वह है, ऐसा प्रदर्शित करने का प्रयास, यानी दंभ, इसे दुराचारी, पापी लोग धारण करते हैं।
- **दर्प :** पैसा, यौवन, ज्ञान, प्रतिष्ठा इत्यादि का अत्यधिक गर्व, यानी दर्प, ऐसा व्यक्ति काल्पनिक आत्मसम्मान और महानता के स्वप्न देखता है। ऐश्वर्य प्राप्ति से व्यवहार में उन्मत्त बनता जाता है।
- **क्रोध :** दंभ, दर्प से युक्त व्यक्ति, अन्यों के मन में उसके संदर्भ में जो धारणा बनती है, वह उसकी धारणा के विपरीत होती है तो वह विद्रोही बनता है और क्रोध के रूप में प्रकट होता है, यही आसुरी संपदा है।
- **पारुष्य :** जिसकी दृष्टि बाण के समान तीक्ष्ण, भाषा में उग्रता, अन्य क्रियाकलापों में कठोर व्यवहार, ऐसा अंतर्बाह्य जो कठोर है, उसे ही 'पारुष्य' मानते हैं, ऐसा व्यक्ति अधम माना जाता है।
- **अज्ञान :** अच्छा-खराब का भेद नहीं करता, पाप-पुण्य अलग नहीं समझता, यही अज्ञान है, इसमें कोई संदेह नहीं।

५. उपर्युक्त ६ दोषों का सामर्थ्य (दंभ, दर्प, क्रोध, अभिमान, पारुष्य और अज्ञान) उपर्युक्त आसुरी संपदा के कारण व्यक्ति दोषपूर्ण बन जाता है।

ध्यान में रखना चाहिए, दैवी संपदा मोक्ष का कारण और आसुरी संपदा बंधन का कारण है।

- जो आसुरी संपदा के धनी होते हैं, उनके लक्षण हैं, प्रवृत्ति-निवृत्ति का अविवेक होता है, स्वप्न में भी शुद्धता की कल्पना नहीं करते।
- आचारहीन होते हैं और न सदाचार की बात करते हैं, न शास्त्रसम्मत कर्म करते हैं। सत्यहीन, मुख से भले सत्य कहेंगे, परंतु व्यवहार असत्य का करेंगे।
- आसुरी जनों का तत्त्वज्ञान : लोक विरोधी, लोगों का घात करने में आनंद मानते हैं, दूसरों का उत्साह के साथ विरोध ही करते हैं।
- कामपरायण और अपवित्र हमेशा अतृप्त दूसरों पर अत्याचार होने में आनंदित होते हैं। नि:संकोच पाप का आचरण करते हैं। आशा-आकांक्षा और धन-लोभ का अंत ऐसे लोग अपने जीवन में कभी मानते नहीं।

६. अंतिम दुर्गति : स्वयं को श्रेष्ठ माननेवाले, धन और मान-सम्मान से मद प्राप्त और केवल दिखावे के रूप में पूजा-पाठ यज्ञादि करते हैं, इन सबका परिणाम दु:ख ही होता है। ऐसे लोग क्रमश: निम्न स्तर पर पहुँच जाते हैं।

- अहंकार, बल, काम, क्रोध आदि से प्रभावित लोग पर निंदा करनेवाले, स्वयं के और दूसरों के शरीर स्थित परमात्मा से द्वेष करनेवाले बन जाते हैं।

७. आध्यात्मिक त्रिदोष : काम, क्रोध और लोभ जब अमर्याद बढ़ जाते हैं, तब दु:ख का मार्ग ही प्रशस्त करते हैं। यह त्रिदोष ही नर्क के द्वार की दहलीज/चौखट है। मान्यता है कि ऐसे लोग नर्क में सम्मान पाते हैं। साधक को ऐसे त्रिदोषों से अपने आपको सुरक्षित रखने का, बचने का प्रयास करना चाहिए। चार पुरुषार्थ—धर्म, अर्थ, काम, मोक्ष, इन्हें साध्य करने से यानी आचरण का आधार बनाने से जीवन सुरक्षित होता है। यह त्रिदोष से मुक्ति प्राप्त करने का मार्ग है।

८. स्वच्छंदी : स्वैराचार से जीनेवाले, स्वप्न में भी इन दोषों से मुक्त होने की इच्छा नहीं करते, उन्हें उत्तम गति कैसे प्राप्त होगी, संभव ही नहीं है।

□

अध्याय-१७

१. सशास्त्र आचरण : कृत्य-अकृत्य व्यवस्था का ठीक से पालन हेतु शास्त्र ही उसका आधार है, वे ही प्रमाण हैं। शास्त्र एक नहीं, भिन्न-भिन्न हैं, उनका ज्ञान कैसे संभव होगा? उसमें सारभूत एक क्या है, समझकर कौन उपयोग कर पाएगा? आयु की मर्यादा है? कोई प्रयत्न करेगा तो समझ पाएगा। अन्य जनों का क्या होगा? इस अध्याय में ऐसे विषयों की चर्चा है।

२. श्रद्धा : सामान्य जनों में स्वाभाविक, यानी ज्ञान के बिना तीन प्रकार की श्रद्धा होती है—सात्त्विक, राजसिक और तामसिक। श्रद्धा के अनुसार वासनाएँ होती हैं और वे ही जीवन विषयक हमारा दृष्टिकोण निश्चित करती हैं। स्वाभाविक है कि उसके सारे कर्म मानसिक व्यवहार और बौद्धिक संरचनाएँ श्रद्धा से निश्चित होती हैं। यह सब सत्त्व-रज-तम के न्यूनाधिक पर निर्भर है।

३. शास्त्रज्ञानुसार अनुसरण ही उचित : साधक को सात्त्विक श्रद्धा की सँभाल करनी चाहिए। भले वह किसी गहन शास्त्र का अध्ययन करे, विविध मतों के समन्वय की चेष्टा न करे। शास्त्रानुसार आचरण करनेवालों का योग्य पद्धति से अनुसरण अवश्य करे। सामान्य जन इसी श्रद्धा भाव से जीवनयात्रा में तर जाते हैं, पार हो जाते हैं।

४. शास्त्र विरोधक : कुछ होते हैं, जो न जानते हुए केवल विरोध करने के अभ्यस्त होते हैं। अहंकार और भौतिक संपदा के सहारे दांभिकतापूर्ण तप करते हैं, दूसरों को कष्ट देकर अपना तथाकथित पुण्य कर्म करते हैं। शूद्र देवताओं, भूतप्रेत को प्रसन्न करने का प्रयत्न करते हैं, तमोगुणी होते हैं।

५. आहार : भोजन तीन प्रकार का होता है :

* **सात्त्विक आहार :** जो आयुवर्धक, केवल शरीर को स्थूल बनानेवाला नहीं, साधना के लिए ओज प्रदान करनेवाला हो। प्रलोभनों से सुरक्षित रहने के लिए बल प्रदान करता हो, ऐसा आहार सात्त्विक पुरुषों को प्रिय होता है। भोज्य पदार्थ गुणानुसार ४ भाग : रसयुक्त, चिकनाई युक्त, स्थिर और मनः प्रसाद के अनुकूल ऐसे हैं, इसे सात्त्विक लोग प्रिय मानते हैं। भोजन का प्रभाव मन पर पड़ता है।

* **राजस आहार :** क्रियाशील, काम-क्रोध से प्रभावित जन राजस आहार पसंद करते हैं। शक्तिवर्धक तो होता है, परंतु परिणाम में दुःख, रोग और चिंता को बढ़ाता है। संयमित रहना कठिन हो जाता है। कड़वे, खट्टे, अधिक नमक, अति तीक्ष्ण (तीखे), अति उष्ण पदार्थ इस श्रेणी में आते हैं।

* **तामस आहार :** दिन को ८ भागों में विभाजित किया जाता है। प्रत्येक भाग ३ घंटे का होता है। ३ घंटे पूर्व पकाया हुआ 'यातयाम' कहलाता है, जो भोजन के योग्य नहीं माना जाता, उसे 'अर्धपक्व' समझना चाहिए। ऐसा आहार तामस की श्रेणी में आता है। अधिक समय बीतने के कारण अन्न रस समाप्त हो जाता है। तामसी लोग यही पसंद करते हैं। तमोगुणी लोगों को दुर्गंधयुक्त आहार रुचिकर लगता है। रात भर रखा हुआ अन्न बासी कहलाता है। मादक द्रव्य इसी में आते हैं। अज्ञानी, संस्कार विहीनों को अपवित्र तथा जूठा फेंका हुआ भोजन प्रिय होता है। विचारों के परिवर्तन से आहार में परिवर्तन आता है, यह समझना चाहिए।

६. यज्ञ : यज्ञ में सात्त्विक यज्ञ उत्तम यज्ञ माना जाता है। अतः मनुष्यों में कर्म से स्वभाव की सुरूपता और कुरूपता प्रकट होती है।

* **सात्त्विक यज्ञ :** सात्त्विक यज्ञ फलासक्ति से रहित, निस्स्वार्थ भाव से किया जाता है। भविष्य में फल मिलता ही है, परंतु वर्तमान में उसका विचार करने में अपनी शक्ति ऊर्जा नहीं लगाते। वेदों में कर्मों का वर्गीकरण चार भागों में किया है : (१) व्यक्तिगत लाभ के लिए होनेवाले कर्म, (२) निषिद्ध कर्म, (३) नित्य कर्म, (४) नैमित्तिक कर्म, नित्य और नैमित्तिक कर्मों को ही 'कर्तव्य कर्म' कहते हैं। सात्त्विक लोग उनका ही सम्मान करते हैं।

* **राजस यज्ञ :** रजोगुणी लोग जो भी करते हैं, कामना से प्रेरित होकर

करते हैं। अत: राजस लोग फल प्राप्ति की ही चिंता करते हैं। आश्वस्त न होने से भयभीत भी होते रहते हैं। राजस यज्ञ में धन और ज्ञान का प्रदर्शन होता है। अन्य प्रयोजन महत्त्वपूर्ण नहीं होता।

* **तामस यज्ञ :** शास्त्र विधि रहित, अन्नदान, मंत्रोचार, दान-दक्षिणा और बिना श्रद्धा से जो यज्ञ होता है, तामस यज्ञ कहलाता है। तमोगुणी लोग उपर्युक्त सभी बातों की उपेक्षा करते हैं, इन बातों की ओर ध्यान नहीं देते।

७. तप : देव, ब्राह्मण, गुरु, ज्ञानी जन पूजा पाठादि करते हैं। इसे ही तप कहा जाता है। तप के प्रकार भी भिन्न-भिन्न होते हैं। अत: तप भी त्रिविध (तीन प्रकार) होते हैं।

* **शरीर तप :** कष्टप्रद यात्रा, पूजा हेतु विविध कष्ट करना, श्रेष्ठ साधु-संतों का आदारातिथ्य सेवा करना, ऐसा शरीर से सहज व्यवहार होता है, यही 'शरीर तप' कहलाता है।

* **वाणी तप :** वाणी के द्वारा व्यक्ति की बौद्धिक पात्रता, मानसिक शिष्टता एवं संयम प्रकट होता है। वाणी का सदुपयोग साधना में कर सकते हैं। व्यक्तित्व विकास हेतु वाणी का उपयोग करना चाहिए। इस शक्ति का सदुपयोग करने की एक कला है, जो स्वयं और अन्यों के लिए भी हितकारक है। तप यानी आत्मपीड़ा नहीं तो आत्मविकास और आत्मसाक्षात्कार की कल्याणकारी योजना है। श्रोता के मन में उद्वेग अथवा उत्तेजना निर्माण हो, ऐसे शब्दों का प्रयोग नहीं करना चाहिए। वाणी की कटुता, शब्दों की कठोरता और विवेकशून्य विचार वाणी में दुर्गंध ही होती है। सत्य भाषण श्रेष्ठ है, परंतु वह प्रिय और हितकारी भी हो। जो वाक्य हमारे विचारों को यथार्थ रूप में प्रस्तुत करते हैं, उन्हें 'सत्य वचन' और जिन शब्दों के द्वारा विचारों को विकृत रूप में प्रस्तुत किया जाता है, वह 'असत्य' वचन होता है। वाणी का अपव्यय न हो। सत्य, प्रिय और हितकारी वचनों का अभ्यास ही 'वाङ्मय तप' है।

* **मानस तप :** पाँच आदर्श मूल्यों को जीवन में अपनाने पर संयुक्त रूप में ये 'मानस तप' कहलाते हैं। जगत् के साथ हमारा संबंध ज्ञान, सहिष्णुता और प्रेम के स्वस्थ मूल्यों पर आधारित होने से मन: शांति प्राप्त होती है। दूसरों के प्रति प्रेम और कल्याण की भावना 'सौम्यता' कहलाती है। 'शब्दों

का अनुच्चारण' मौन नहीं, यहाँ मौन मानस तप के संदर्भ में है। मन के शांत रहने पर ही वाणी का 'मौन' और 'संयम' संभव है।

आत्मसंयम : मन की शांति, सौम्यता और मौन की सिद्धि तब तक साध्य नहीं होती, जब तक हम सावधानी से और प्रयत्नपूर्वक आत्मसंयम न कर लें।

भाव संशुद्धि : इस शब्द का तात्पर्य हमारे उद्‌देश्यों की पवित्रता और शुद्धता से है। हमारा लक्ष्य ऐसा श्रेष्ठ हो, जो हमें इस स्फूर्ति और प्रेरणा प्रदान कर सके।

१. ज्ञान, सहिष्णुता और प्रेम २. सौम्यत्व, ३. मौन, ४. आत्म संयम, ५. भाव संशुद्धि यह आदर्श मूल्य के बिंदु हैं।

८. त्रिविध तप : सात्त्विक तप : फल की आसक्ति बिना किया जानेवाला तप सात्त्विक तप कहलाता है। फल की चिंता करके वर्तमान के सुअवसरों को खोना मूर्खता का लक्षण है।

* **राजस तप :** अपने गुणों का प्रदर्शन हो और अन्य लोग सत्कार-सम्मान करें, इस उद्‌देश्य से होनेवाला तप राजस तप कहलाता है। भगवान् कृष्ण ऐसे लोगों को 'मिथ्याचारी' कहते हैं।

* **तामस तप :** जो तप स्वयं को पीड़ित करते हुए और अन्यों के नाश के लिए किया जाता है, वह तामस तप माना जाता है, अत: तपस्वी को तप का वास्तविक स्वरूप, प्रयोजन और विधि का ज्ञान सम्यक् ज्ञान होना चाहिए। तामस तप का फल कुरूप व्यक्तित्व, विकृत भावनाएँ और हीन आदर्श ही हो सकता है।

९. दान-सात्त्विक दान : कर्तव्य समझकर जो दान दिया जाता है, उसे सात्त्विक दान कहा जाता है। ग्रहणकर्ता भी दान का सदुपयोग करनेवाला हो। आवश्यकता, अभाव दूर करने का उद्‌देश्य होना चाहिए। जैसे अकालग्रस्त, अनाथ, असमर्थ आदि।

* **राजस दान :** क्लेशपूर्वक दान दिया जाता है, जैसे समय-समय पर लोक चंदा इकट्‌ठा करते हैं, देनेवाला स्वेच्छा से नहीं देता, ऐसा दान राजस दान कहलाता है। एक और प्रकार है, कुछ अपेक्षा रखकर दान देते हैं—नाम

होगा, पुण्य प्राप्त होगा, फल प्राप्त होगा, ऐसा दान राजस दान की श्रेणी में आता है।

* **तामस दान :** अयोग्य कार्य के लिए अयोग्य व्यक्तियों को दिया जाता है, वह तामस दान होता है। यह सर्वथा सात्त्विक दान के विपरीत है।

यज्ञ, दान, तप आदि को सुसंस्कृत और संपूर्ण करने के लिए, यानी सात्त्विकता पूर्ण भाव से करने में रज-तम बाधा रूप रहते हैं। सत्त्व गुण समझने के लिए रज-तम क्या है, यह भी समझना आवश्यक होता है। रज-तम का त्याग करना चाहिए। सात्त्विकता से यज्ञ, दान तप होगा तो परिणाम अच्छा मिलना ही है।

१०. सात्त्विक कर्म में सहायक : नाम जप : ॐ तत् सत्—यह मंत्र है, इसका महत्त्व है। ॐ आद्याक्षर बाद में तत और अंत में सत इस मंत्र के साथ सात्त्विक कर्म नित्य करने से मोक्ष प्राप्ति का मार्ग सहज होता है। तत शब्द का उच्चारण कर फल की अपेक्षा न रखते हुए साधक यज्ञ, तप, दान आदि कर्म करते हैं। तत शब्द परब्रह्म का सूचक है। उपनिषदों में प्रसिद्ध वाक्य 'तत्त्वमसि' तत परम् सत्य की ओर संकेत करता है, जो संपूर्ण विश्व की उत्पत्ति, स्थिति और लय का स्थान है। सत् का अर्थ है त्रिकालाबाधित सत्ता। सत्यता, साधु तथा कर्म की प्रशस्तता को 'सत्' शब्द से लक्षित किया जाता है। भगवान् कहते हैं—अश्रद्धा से किए गए यज्ञ, दान, तप असत् होते हैं। असत् से सत् की उत्पत्ति नहीं हो सकती। ॐ तत् सत् का उच्चारण ही सात्त्विक कर्म की प्रेरणा, ऊर्जा और बल प्रदान करता है।

□

अध्याय-१८

१. त्याग और संन्यास : दोनों का अर्थ एक ही होता है। कर्म को पूर्ण रूप से छोड़ना संन्यास और कर्म नहीं केवल फल छोड़ना यानी त्याग।

२. कर्म : यह शरीर स्वाभाविक ही कुछ कर्म करता है। कुछ नित्य के होते हैं तो कुछ कर्म निमित्त से होते हैं। जंगल, नदी स्वाभाविक, परंतु फसल अथवा कुआँ प्रयत्न से होते हैं तथा कुछ कार्य बिना आंतरिक इच्छा के संभव नहीं।

३. काम्य कर्म : जो करने के लिए प्रखर इच्छा आवश्यक रहती है। जैसे यज्ञ-याग, व्रत, नगर, उद्यान इत्यादि जनोपयोगी कार्य, ऐसे कर्म काम्य कर्म कहे जाते हैं। जिसका फल मिलता ही है, चाहो अथवा न चाहो।

४. नैमित्तिक कर्म : कुल धर्म, कुलाचार, परंपरागत उत्सवादि प्रसंगों पर जो कार्य होते हैं, वे इस श्रेणी में आते हैं।

५. नित्य कर्म : अपने सभी इंद्रियों द्वारा सहज होते रहते हैं, योजना नहीं करते, ऐसे कर्म नित्य कर्म। यह निश्चित है, नित्य अथवा नैमित्तिक, दोनों कर्मों से फल प्राप्ति होती है, ऐसे कर्मों को करना ही पड़ता है।

६. फल त्याग : नित्य-नैमित्तिक कर्म मन से करने चाहिए। फल के प्रति उदासीन रहना, विरक्त होना ही फल त्याग है। फल त्याग संन्यास का प्रारंभ है, काम्य कर्म संन्यास में बाधक नहीं होते।

७. कर्म विरोधक : जो फल त्याग में दुर्बल होते हैं, वही कर्म को बाधा मानते हैं। सभी कर्म दूषित हैं, ऐसा कहते हैं और कर्मों के ही त्याग की चर्चा करते हैं।

८. यज्ञादि के अभिमानी मानते हैं की कर्म आवश्यक है, उसके बिना चित्त शुद्धि कैसे संभव। अतः यज्ञादि कर्म में आलस्य ठीक नहीं। कर्म कष्टदायक है, इसलिए कर्म त्याग ठीक नहीं। सुवर्ण शुद्ध करना है तो आग से कैसे बचेंगे, अन्न आवश्यक है तो पाकशाला में काम किए बिना अन्न कैसे मिलेगा, आदि।

९. कर्म त्याग : कर्म समर्थक और विरोधी, ये दो मत हैं, इस भेद को भी समझना चाहिए। त्याग के तीन प्रकार हैं, जो समझने हैं। यज्ञ, तप, दान छोड़ना नहीं है, यह कर्म कर्तव्य है। कर्मों के सम्यक् आचरण से आत्मशुद्धि, आत्मोन्नति और आत्म-साक्षात्कार होता है। अतः आवश्यक है, इसी से आंतरिक शांति और संतुलन बना रहता है।

* **तामस कर्म त्याग :** परिस्थिति से विचलित होकर कष्टों के भय से जो कर्म का त्याग करते हैं, तामस कर्म त्याग माना जाता है।

* **राजस कर्म त्याग :** कर्तव्य जानता है, परंतु आलस्य के कारण और कष्टों से बचने के उद्‌देश्य से जो कर्म त्याग करते हैं, वह राजस त्याग कहलाता है। शास्त्रों के ज्ञाता समझकर कर्म प्रारंभ करते हैं, परंतु असह्य लगने लगता है, भाग्य से मानव जन्म मिला है, कर्म करके जो प्राप्त होता है, वह ऐसे ही प्राप्त होने की कामना करते हैं और कर्म को छोड़ते हैं, वे 'राजस त्यागी' ही कहलाते हैं।

* **सात्त्विक कर्म त्याग :** नियत कर्म को कर्तव्य समझकर करना और उनका त्याग करना अपमानजनक, लज्जास्पद मानते हैं। कर्तव्य त्याग को मृत्यु मानते हैं और फल की अपेक्षा नहीं करते। ऐसे कर्म करनेवाले सात्त्विक कर्म त्यागी होते हैं। अहंकार और स्वार्थ का त्याग मनुष्य को शक्तिशाली और कार्यकुशल बनाता है। विश्व में श्रेष्ठ त्यागी तो वे ही हैं, जिन्होंने फल की आसक्ति छोड़ दी और कर्म को निष्कर्म माना है।

१०. कर्म का त्रिविध फल : कर्म फल कर्म के गुण स्तर पर निर्भर करता है। त्रिविध त्याग के पश्चात् त्रिविध फल भी जानना चाहिए। कर्म के फल 'अत्यागी' जनों को मृत्यु के बाद भी प्राप्त होते हैं।

* **अनिष्ट कर्म फल :** अशुभ, अनर्थकारी होता है, विधिहीन कर्म, निषिद्ध कर्म से पुनर्जन्म में निम्न स्तर का जीवन पाते हैं।

* **इष्ट कर्म फल :** शुभ और कल्याणकारी होता है। स्वकर्तव्य, स्व अधिकार समझकर वेदों के अनुसार सदाचरण करते हैं, उन्हें कल्याणकारी शुभ फल पुनर्जन्म में प्राप्त होता है।

* **मिश्र कर्म फल :** अर्थात् शुभाशुभ मिश्र रूप में फल मिलता है।

११. ज्ञानयुक्त कर्म संन्यास : फल त्याग से कर्म के परिणाम की भावना ही समाप्त हो जाती है। सत्त्व शुद्धि से आत्मबोध होता है और जगत् आभास लगता है। द्वैतभाव समाप्त हो जाता है, ऐसा ज्ञानयुक्त कर्म संन्यास होता है, परिणामतः साधक पर दुःख कष्ट का परिणाम नहीं होता है।

१२. कर्म के कारण : सभी प्रकार के कर्मों की सिद्धि के लिए सांख्य शास्त्र में पाँच कारण कहे गए हैं—१. शरीर, २. कर्ता, ३. विविध उपकरण इंद्रियादि, ४. विविध प्रकार के क्रिया कलाप और ५. दैव, ये पाँच कारण हैं।

- **अधिष्ठान :** शरीर यानी 'भोक्ता' का स्थान, यहा इंद्रिय कष्ट करते हैं, यहीं पर सुख-दुःख की अनुभूति होती है। २४ तत्त्वों का परिवार यहीं वास करता है। बंध-मोक्ष का चिंतन शरीर में ही होता है। जागृति, सुषुप्ति और स्वप्न तीनों अवस्था इसी से जुड़ी हैं, संभवत यही कारण है कि शरीर को कर्म का अधिष्ठान माना है।
- **कर्ता :** कर्ता चैतन्य स्वरूप होता है। चैतन्य देहकार हो जाता है और देह के साथ एकात्म होकर सभी इंद्रियों की सहायता से कार्य करता है। सब प्रकार के कर्म तो प्रकृति ही करती है, जीव समझता है कि वह कर्ता है।
- **इंद्रिय :** बुद्धि इंद्रियों के द्वारा ही कर्म कराती है, करनेवाले दस इंद्रिय ही दिखाई देते हैं, अतः कार्य के कारण इंद्रिय बन जाते हैं।
- **क्रियाशक्ति-विविध प्रयास, प्रयोग :** क्रियाशक्ति प्राणवायु में रहती है। वही क्रियाशक्ति विभिन्न स्थानों से प्रकट होती है। वाणी, लेना-देना गतिमान होना, मल-मूत्र निस्सारण, श्वासोश्वास, अन्नरस का आस्वाद ऐसे विविध कार्य करनेवाली क्रियाशक्ति होती है।
- **दैव :** यह सारा शरीर इंद्रियों क्रियाशक्ति से कार्य करता है, हमारी सारी इंद्रियों के अधिष्ठाता देवता हैं, जिनकी कृपा से ही सारे कर्म

इंद्रिय करते हैं, इन देवताओं को यहाँ 'दैव' कहा है। (यह हिंदू चिंतन है।)

१४. कर्म का स्वरूप : मनुष्य जो भी उचित अथवा अनुचित कर्म करता है, उसके उपर्युक्त पाँच कारण हैं—न्याय कर्म : उचित कर्म : शास्त्र के अनुसार होनेवाले कर्म। जाने-अनजाने में भी क्यों न हो, किया गया कर्म शास्त्र के अनुरूप है तो वह 'न्याय कर्म' माना जाता है। अन्याय : अन्याय अथवा अनुचित कर्म कहा जाता है। लूट में गया धन दान नहीं मानते, रीतिनुसार मंत्र उच्चारण किए बिना फल प्राप्त नहीं होता। कर्म घटित हुआ, परंतु अशास्त्रीय पद्धति से, अतः उसे अनुचित ही मानते हैं।

१५. कर्म मुक्त : अज्ञानी लोग स्वयं को ही कर्ता और भोक्ता रूप जीव समझते हैं। उस अवस्था में वह राग-द्वेष, लाभ-हानि, प्रवृत्ति-निवृत्ति, सुख-दुःख अवश्य ही अनुभव करता है। कर्म करते हुए भी कर्म का स्पर्श न हो, यह कठिन तो है, असंभव नहीं। सभी उचित-अनुचित कर्म शरीर, इंद्रिय तथा दैव की सहायता से ही होते हैं, परंतु चैतन्य प्रदान करनेवाला आत्मा स्वयं को कर्ता नहीं, अकर्ता मानता है और यही ज्ञानी का लक्षण है। अतः कर्म से शरीरादि सब काम अनुभव करते हैं, 'अकर्ता आत्मा' अनुभव नहीं करती, यही कर्ममुक्त के लक्षण है।

१६. ज्ञानी पुरुष : गुरु कृपा से अज्ञान दूर होकर 'अद्वय', 'अद्वैत' का ज्ञान होता है, आत्मज्ञानी पुरुष का अहंकार समाप्त हो जाता है। तब उसकी बुद्धि न विषयों में आसक्त होगी, न गुण-दोषों से दूषित होगी। ऐसे पुरुषों द्वारा अनुचित कार्य होने के बाद भी दोषी नहीं माने जाते, यानी अनुचित कार्य करने की उन्हें छूट है, ऐसा नहीं।

हत्या गलत है, परंतु युद्ध में होनेवाली हत्या को गलत नहीं मानते, अपितु सम्मानित करते हैं, परंतु सामान्य जीवन में हत्यारे व्यक्ति को मृत्युदंड दिया जाता है।

१७. अकर्ता आत्मा : जीव स्वयं को कर्ता मानता है और न्याय-अन्याय कर्म करता है। किसी भी कर्म में आत्मा सहायक नहीं होता, वह आरंभ कर्ता भी नहीं।

१८. कर्म बीज : ज्ञान, ज्ञाता और ज्ञेय, ये कर्म के बीज हैं।

* **ज्ञाता :** विषय भोग सब सुख-दु:ख के साथ अनुभव करता है और सुषुप्ति की अवस्था में सब इच्छाएँ क्षीण होती हैं, ऐसा जो जीव है, वही ज्ञाता है।

* **ज्ञान :** अविद्या अथवा अज्ञान के कारण जो आता है, उसे तत्काल स्वीकार नहीं करता, बाधा उत्पन्न करता है और पश्चात् ज्ञाता और ज्ञेय के माध्यम से निर्णय होता है, वही 'ज्ञान' है।

* **ज्ञेय :** ज्ञेय के ५ भेद हैं—स्पर्श, शब्द, रूप, रस और गंध जैसे कोई फल। ज्ञेय का परिचय इंद्रियों द्वारा होता है। फल तो एक ही है।

१९. ज्ञान : कर्ता, कर्म और ज्ञान त्रिगुणों के कारण भिन्नत्व दिखाई देता है। राजस और तामस बंधनकारी है और सात्त्विक कर्म विमुक्त करता है। सांख्य शास्त्र में सात्त्विक गुणों का विवेचन है, इसमें प्रकृति और पुरुष विभाजन करके बताया गया है।

२०. त्रिगुण ज्ञान : सात्त्विक ज्ञान ज्ञेय और ज्ञाता एक हो जाते हैं। जिस ज्ञान से ज्ञेय समझ में आता है, तब ज्ञेय, ज्ञान और ज्ञान एक हो जाते हैं—

- **राजस ज्ञान :** ज्ञेय में वर्णित भेदों को महत्त्वपूर्ण मानता है। राजसी पुरुष का मन चंचल और अस्थिर होने के कारण कभी शांत मन से विचार नहीं करता और नेत्र से दिखाई देनेवाले भेद को सर्वथा भिन्न और सत्य मानता है, वह राजस ज्ञान है।
- **तामस ज्ञान :** तमोगुण के आधिक्य से प्रभावित बुद्धि किसी एक परिच्छिन्न 'कार्य' में आसक्त होकर उसी 'कार्य' को संपूर्ण सत्य मानती है, वह कभी 'कारण' का विचार नहीं करती। यह ज्ञान अत्यंत निम्न स्तर का होता है। प्राय: ऐसे लोग कट्टरवादी, हठवादी होते हैं। आदिशंकराचार्य के अनुसार इनका ज्ञान प्रामाणिक युक्ति पर आश्रित नहीं होता।
- **सात्त्विक ज्ञान :** जिस ज्ञान से समस्त चेतन जगत् में किसी प्रकार की भिन्नता नहीं पहचानता, उसे सात्त्विक ज्ञान कहते हैं। अत: सर्वत्र एक अव्यक्त देखते हैं। कार्य दृश्य स्वरूप भिन्न है, परंतु सारभूत

आत्मतत्त्व एक ही है, इसे पहचानना ही सात्त्विक ज्ञान है।

- **राजस ज्ञान :** इंद्रिय, मन और बुद्धि से जगत् का अवलोकन करते हैं तो स्वाभाविक भेद तो दिखाई देते हैं, उसी रूप को सत्य मानना अविवेक है, दिखाई देनेवाले भेद सर्वथा भिन्न मानना राजस ज्ञान है।

२१. कर्ता : कर्म का कोई कर्ता होता है। उसे अपने कर्तृत्व का अभिमान रहता है, वह जीव भी तीन प्रकार का होता है और अलग-अलग दिखाई देता है—

- **सात्त्विक कर्ता :** ईश्वर को अर्पण करने योग्य जो पवित्र कर्म करता है, वह सात्त्विक कर्ता कहलाता है। ऐसा कर्ता काल मर्यादा, स्थान शुद्धता शास्त्रानुसार ही कर्म करता है। एकाग्रचित्त से, चित्त में फल की चिंता उत्पन्न हुए होने से दूर रहना और नियम पालन से कर्म करता है। कठिन कर्मों को धैर्य के साथ, देह सुख की चिंता न करते हुए करता है। उत्साह के साथ, विषयासक्त न होते हुए, आनंद के साथ सारे विहित कर्म करता है। संकटों से, बाधाओं से विचलित न होकर अंत:करण निश्चिंत रहता है। विहित कर्म निर्विघ्नता से संपन्न होने पर उसके मन-व्यवहार में अहंकार का भाव नहीं रहता है, वही सात्त्विक कर्ता होता है।
- **राजस कर्ता :** कर्म करने से अभिमान का अनुभव करता है। कर्म को सुख का साधन और आकर्षक लगने से कर्म के प्रति राग उत्पन्न होता है और राग के अधिक बढ़ने से 'प्रेप्सा' यानी इच्छा बढ़ जाती है। इच्छित वस्तु प्राप्त होने पर संतुष्ट न होकर उसका लोभ उत्पन्न होता है। लोभ की वृद्धि से पाप के कारणों का उद्भव होता है। जो कर्म प्रारंभ किया, निश्चय के साथ पूरा नहीं करता, परंतु चित्त उसी में लगा रहता है। कर्म करने के बाद फल प्राप्ति होती है तो उसका आनंद से प्रदर्शन करता है अथवा फल प्राप्त न होने पर शोकमय अंत:करण से कर्म को धिक्कारता है। ऐसा व्यक्ति राजस कर्ता कहलाता है।
- **तामस कर्ता :** तामस ज्ञान से प्रेरित होकर तामस कर्म करनेवाला

तामस कर्ता कहलाता है। 'अयुक्त' स्वयं का, अन्य का भी विघातक होता है, ऐसे ही कर्म करता है। ऐसे व्यक्ति में इच्छा और कृति में किसी प्रकार की संगति नहीं रहती। तामसी व्यक्ति अयुक्त होने के कारण 'प्राकृत' स्वभाव का होता है, अतः भला-बुरा समझने का विवेक भी नहीं रहता है। 'स्तब्ध' यानी किसी के आगे नम्रभाव से नतमस्तक नहीं होता। ऐसा दुराग्रही होता है कि किसी प्रकार के सुझाव को सुनने की इच्छा ही नहीं रहती। 'शठ' यानी मायावी उस पर कभी विश्वास नहीं कर सकते, क्योंकि उसके उद्देश्यों को समझ पाना कठिन रहता है।

- **निष्कृतिक :** यानी अन्यों के साथ संघर्ष करने के लिए तत्पर रहता है। अन्यों का अच्छा देखने या सुनने से तुरंत उसके विरुद्ध कार्य करना प्रारंभ करता है। शत्रुता का भाव रखता है। 'अलस' बिना परिश्रम के फलोपभोग की कामना करता है, ऐसा आलसी व्यक्ति विचार करने में भी असमर्थ रहता है।
- **विषादी :** दूसरों के उत्कर्ष से दुःखी होता है। कभी भी संतुष्ट नहीं होता, चुनौतियों का सामना करने की दृढ़ता होती है, न सामर्थ्य होता है। वह हमेशा सुरक्षित स्थान पर रहना पसंद करता है।
- **दीर्घ सूत्री :** तत्काल करने योग्य कर्म को 'कल करेंगे' कहकर टालता रहता है, ऐसा कर्ता दीर्घ सूत्री कहलाता है, ऐसा कर्ता तामस कर्ता होता है।

२१. बुद्धि : कार्य संपादन के लिए प्रयत्नों के सातत्य की आवश्यकता होती है। उसकी पूर्ति बुद्धि और धृति, इन दो तत्त्वों से होती है। बुद्धि के त्रिविध भेद सात्त्विक, राजसी और तामसी हैं—

- **सात्त्विक बुद्धि :** अपने परिवेश के वस्तुओं व्यक्तियों और घटनाओं को यथार्थ रूप में समझ सकती है, ऐसी बुद्धि सर्वश्रेष्ठ मानी जाती है। बुद्धि निरीक्षण, विश्लेषण, वर्गीकरण, संकल्पना, कामना, स्मरण करने का काम करती है। विवेक की क्षमता पर यथार्थ निरीक्षण, निर्णय आदि संभव है। अतः बुद्धि का मुख्य कार्य विवेक है।

- **प्रवृत्ति-निवृत्ति :** कर्म और संन्यास मार्ग के वास्तविक स्वरूप को समझकर किसी एक मार्ग को स्वीकार करना है, इसे ही प्रवृत्ति-निवृत्ति इन शब्दों से वर्णित किया है।
- **कार्य और अकार्य :** कर्तव्य और अकर्तव्य को समझना इसका विवेक आवश्यक है, तभी कर्तव्य के मार्ग पर साधक चलता है।
- **भय और अभय :** कुछ लोग अनुचित कार्य करने से भयभीत नहीं होते, परंतु उचित कार्य करने में भय लगता है, अतः वह सात्त्विक बुद्धि है। भय और अभय का विवेक रखती है।
- **बंध और मोक्ष :** अज्ञानवश ही व्यक्ति विषयों से प्राप्त होनेवाले सुख की कामना करता है। ऐसी अज्ञानजनित वासनाएँ बंधनों को दृढ़ करती हैं। ज्ञान से अज्ञानमुक्त होने से मोक्ष की प्राप्ति होती है। संक्षेप में कहा जा सकता है, उपर्युक्त चार स्वरूपों को यथावत् जानना ही सात्त्विक बुद्धि है।
- **राजसी बुद्धि :** सात्त्विक बुद्धि पदार्थ को यथार्थ रूप में जानती है, वहीं राजसी बुद्धि का ज्ञान संदेहात्मक, अस्पष्ट अथवा विकृत रूप में होता है। इसका कारण है—पूर्वग्रह और राग-द्वेष।
- **तामसी बुद्धि :** तामसी बुद्धि यथार्थ अथवा संदेहात्मक से हटकर मूल रूप से विपरीत रूप में ही दिखती है, अधर्म को ही धर्म मानना तामसी बुद्धि का कार्य है। अतः तामसी बुद्धि को बुद्धि मानना ही गलत है।

२२. धृति : त्रिविध बुद्धि से कर्म का स्वरूप निश्चित करने का जो कार्य होता है, उसे 'धृति' कहते हैं। इसके भी तीन रूप हैं।

* **सात्त्विक धृति :** श्रेष्ठ लक्ष्य की प्राप्ति में सहायक होनेवाली धृति सात्त्विक कहलाती है। जिस धृति द्वारा साधक मन, इंद्रियों तथा उनकी क्रियाओं को योगाभ्यास और लक्ष्य के प्रति निष्ठा की सहायता से संयमित करता है, वही सात्त्विक धृति है।

* **राजसी धृति :** प्रयत्नों के द्वारा प्राप्त करने योग्य बातों को पुरुषार्थ कहा है, वह है धर्म, अर्थ, काम और मोक्ष। सातत्य से तीन पुरुषार्थ को सामने

रखकर चलता है, यही 'राजसी धृति' कहलाती है। यहाँ मोक्ष का उल्लेख नहीं है। राजसी पुरुष सांसारिक बंधनों से मुक्त होने की इच्छा नहीं करता, कर्म में ही व्यस्त रहता है। उसकी दृढ़ धारणा होती है कि सुख-समृद्धि ही महत्त्वपूर्ण है।

* **तामसी धृति :** आलस्य, भय इत्यादि को धारण करनेवाली धृति तामसी कहलाती है। ऐसे लोग बाह्य वस्तुओं में ही सुख देखकर प्राप्ति के लिए परिश्रम और संघर्ष करते हैं। ऐसे लोग काल्पनिक भय से ग्रस्त रहकर मन का संतुलन, संयम, संतोष खो बैठते हैं। मनुष्य का सामर्थ्य तीन कारणों से क्षीण होता है—शोक, विषाद और मद। परिणामतः ऐसा व्यक्ति थकान अनुभव करता है। भविष्य के प्रति अनिश्चितता उसे विषाद से भर देती है। भूतकाल में घटित घटनाएँ शोक का कारण बनती हैं और वर्तमान में प्राप्त अनैतिक, विलासी जीवन का गर्व अनुभव करता है। ऐसे पुरुष 'तामसी धृति' के होते हैं।

२३. त्रिविध सुख : प्रत्येक प्राणी सुख-प्राप्ति के लिए ही कर्म में प्रवृत्त होता है। समस्त प्रयत्न सुख प्राप्ति के लिए ही होते हैं। सबका लक्ष्य 'सुख प्राप्ति' है, परंतु ज्ञान, कर्ता, कर्म बुद्धि एक नहीं उसमें भेद है, भिन्नता है। अतः सुख-प्राप्ति हेतु अपनाएँ मार्ग भी भिन्न हैं। कर्म कर्ता में इतने भेद होने के कारण कर्मों से प्राप्त होनेवाले सुख में भी भेद हैं। सुखों का तीन प्रकारों में वर्गीकरण है—सात्त्विक, राजस और तामस :

- **सात्त्विक सुख :** प्रथम विष के समान लगता है, परंतु परिणामों में अमृत के समान होता है, उसे 'सात्त्विक सुख' कहते हैं। सामान्यतः कोई भी व्यक्ति बाह्य सुख में आनंद अनुभव करता है। उसे ज्ञान, वैराग्य, ध्यान, योग इत्यादि साधनों का अभ्यास कष्टदायक लगता है। यही कारण है कि प्रारंभ में विष के समान दुखदायक लगता है, परंतु वास्तविकता ऐसी नहीं होती, उदाहरण—बालकों को पाठशाला का अध्ययन कष्टप्रद और खेलकूद आनंद देनेवाला लगता है। साधना अभ्यास से वास्तविक मनः शांति मिलती है, अमृत समान लगता है, वही 'सात्त्विक सुख' है। बुद्धि की साधना के कारण

प्रसन्नता, निर्मलता मिलती है। बुद्धि के शांत और शुद्ध होने पर जो सुख की अनुभूति होती है, वही 'सात्त्विक सुख' है।

- **राजस सुख :** जो सुख प्रथम अमृत समान लगता है, परंतु परिणाम में विष के समान है, वह 'राजस सुख' कहा जाता है। यह सात्त्विक सुख के ठीक विपरीत है। यह सुख इंद्रिय और वासना, आकांक्षा के संयोग से प्राप्त होता है। यह संयोग नित्य वही बना रहता है, क्योंकि विषय अनित्य और परिवर्तनशील होते हैं, भूख बनी रहती है। वैसे ही इंद्रिय, मन और बुद्धि भी अनित्य है, दोनों अनित्य होने के कारण नित्य संयोग असंभव्र परिणामतः सुख हमेशा कैसे प्राप्त होगा। भोग काल में भी चिंता रहती है कि यह सुख समाप्त न हो जाए। केवल राजसी वृत्ति के लोग ही इस सुख में रमते हैं, जो बाद में दुःख का कारण बनता है, विवेकी लोग राजस्व सुख में नहीं रमते।
- **तामस सुख :** जो सुख मनुष्य को आकर्षित करता है और सुसंस्कृत को विकृत बनाता है, वह 'तामस सुख' कहा जाता है। तामस सुख के स्रोत निंद्रा, आलस्य और प्रमाद, गलतियाँ, अपराध हैं।
- **निद्रा :** वेदांत की भाषा में अज्ञान की अवस्था को भी 'निद्रा' कहा है, अज्ञान ही भोगों में आसक्त होने का कारण बनता है।
- **आलस्य :** तमोगुण का धर्म है। तमोगुणी कार्य को टालने की प्रवृत्ति वाला होता है। आलस्य में ही सुख मानता है। विचार करने में भी आलसी बनता है और उचित निर्णय नहीं ले पाता है।
- **प्रमाद :** सहजता और विवेक के विपरीत लक्षण है। ऐसा व्यक्ति श्रेष्ठ गुणों की अवहेलना, उपेक्षा करता है। निम्न स्तर के भोगों में आनंद मानता है। क्रमशः पशु के स्तर तक गिरता है। निंद्रा, आलस्य और प्रमाद से प्राप्त होनेवाला सुख प्रारंभ तथा अंत मे भी मोहित करनेवाला होता है, ऐसा सुख 'तामस सुख' कहलाता है।

२४. त्रिगुणात्मक सृष्टि : इस सृष्टि में सत्त्व-रज-तम, इन गुणों से मुक्त कोई भी नहीं है। स्वयं प्रकृति ही त्रिगुणात्मक है। कोई भी व्यक्ति त्रिगुणों की सीमा का उल्लंघन करके कार्य नहीं कर सकता। कोई भी दो बाह्य जगत्

समान रूप से व्यवहार नहीं करते हैं, क्योंकि तीनों गुणों का अनुपात भिन्न-भिन्न होता है। प्रतिदिन, प्रतिक्षण आत्मनिरीक्षण कर अपनी स्थिति को जानने का प्रयत्न करना चाहिए। शुद्ध सत्त्व गुण में निष्ठा प्राप्त होने पर हम सत्त्वातीत आत्मा का अनुभव प्राप्त कर सकते हैं।

२५. त्रिगुणमूलक चार वर्ण : गुण प्राधान्य के आधार पर मनुष्यों का चार प्रकार से विभाजन किया, जो चातुर्वर्ण्य के नाम से प्रसिद्ध है। यह विभाजन सार्वभौमिक है, यह विभाजन आनुवंशिक गुण अथवा जन्म के आधार पर न होकर व्यक्ति के विशिष्ट गुणों के अनुसार है।

प्राचीन भाषा में ब्राह्मण, क्षत्रिय, वैश्य और शूद्र कहा गया। अर्वाचीन भाषा में चार का नामकरण रचनात्मक विचार करनेवाला राजनीतिज्ञ और चिंतक, व्यापारी और श्रमिक, इस प्रकार किया जा सकता है।

२६. वर्णानुसार कर्म : जब 'वर्ण' शब्द का प्रयोग होता है, तब उसके विशिष्ट गुणों के अनुसार किए गए विभाजन के अर्थ में लेना चाहिए, अर्थात् जीवन की स्थिति स्वभाव से प्राप्त धर्म तथा आश्रम, यह सब वर्णाश्रम धर्म है। चार वर्णों के लोगों के कर्तव्यों का विभाजन प्रत्येक वर्ग के लोगों को स्वभावानुसार किया गया है, स्वभाव यानी अंत:करण के संस्कार, जो किसी गुण विशेष के आधिक्य से प्रभावित रहते हैं। किसी व्यक्ति की श्रेष्ठता अथवा हीनता का मापदंड उसका बाह्य स्वरूप नहीं हो सकता। श्रेष्ठता का मापदंड स्वभाव और व्यवहार से होता है।

आज अपने देश-समाज में चातुर्वर्ण्य का वास्तविक स्वरूप नहीं के बराबर है। आज आनुवंशिक जन्म से प्राप्त अधिकार के आधार पर ही जातियाँ, उपजातियाँ हो गई हैं। चार वर्णों के मुख्य कर्म क्या हैं, यह ही जानना आवश्यक है, अत: क्रम से ब्राह्मण, क्षत्रिय, वैश्य और शूद्र के कर्म क्या हैं, जानने का प्रयास करेंगे।

- **ब्रह्म कर्म :** यहाँ पर केवल आंतरिक गुणों का वर्णन किया है। इसका अभिप्राय यह है कि ब्राह्मणों का कर्तव्य इन गुणों को संपादन करना है। यह उसके स्वाभाविक लक्षण बनने चाहिए—

१. शम : मन:संयम, विषयाभिमुखी प्रवृत्ति का संयम।

२. **दम** : ज्ञानेंद्रिय और कर्मेंद्रियों का संयम यानी दम।

३. **तप** : शरीर, वाणी, मन का तप इसके आचरण से शक्तियों का अपव्यय नहीं होता आत्मविकास की साधना में सदुपयोग किया जा सकता है।

४. **शौच-शुद्धता** : बाह्य वातावरण, वस्त्र, शरीरादि तथा मन की स्वच्छता।

५. **क्षांति** : क्षमा, किसी के अपराध अथवा दुर्व्यवहार करने पर भी क्षमा करना। किसी से द्वेष नहीं और सबके साथ समान भाव।

६. **आर्जवम** : हृदय से निष्कपट, सरल ऐसे लोग निर्भय बनते हैं और जीवन में श्रेष्ठ मूल्यों के साथ समझौता नहीं करते।

उपर्युक्त ६ गुण आचरण और व्यवहार से संबंधित हैं।

७. **ज्ञान** : सिद्धांत, तत्त्वज्ञान, भौतिक जगत् के विविध क्रियाकलापों की जानकारी और उनका कार्य, जीवन का लक्ष्य आदि।

८. **विज्ञान** : ज्ञान उपदेश अध्ययन से प्राप्त होता है, परंतु विज्ञान का ऐसा नहीं है। 'स्वसंवेद्य' आत्मा का अनुभव अन्यों से नहीं स्वयं के प्रयत्नों से ही होगा।

९. **आस्तिक्य** : वेदांत प्रमाण में श्रद्धा रखने से आस्तिक्य भाव उत्पन्न होगा। आस्तिक्य के बिना कर्म करने की प्रवृत्ति संभव नहीं। श्रद्धा से ज्ञान तत्पश्चात् ज्ञान से विज्ञान की प्राप्ति होती है। उपर्युक्त गुणों को संपादित करना यही ब्रह्म कर्म है।

- **क्षात्र कर्म** : क्षत्रियों में रजोगुण की प्रधानता होती है। शौर्य, तेज से संपन्न व्यक्ति ही प्रजा का पालन एवं शासन करने में समर्थ होता है।
- **धृति** : लक्ष्य को दृढ़ता से अंत:करण में रखना, मार्ग में कितनी बाधाएँ आएँ पथ से विचलित न होते हुए आगे बढ़ना इसके लिए धैर्य की आवश्यकता रहती है, जिसे 'धृति' कहते हैं।
- **दाक्ष्य** : दाक्ष्य यानी दक्षता, सैनिकी भाषा में 'सावधान' कहते हैं, आवेश कहा जा सकता है। दक्षता यानी निर्मित परिस्थिति का तत्काल और यथार्थ आकलन, मूल्यांकन करने की क्षमता और

निर्णय कर क्रियान्वयन करने की क्षमता का भी समावेश किया जा सकता है। क्षत्रिय के कर्म क्या हैं।

- **युद्ध से अपलायन :** क्षत्रिय गुणों से युक्त व्यक्ति सहज पराजय स्वीकार नहीं करता। कठिन परिस्थितियाँ उत्पन्न होने पर साहस के साथ सामना करता है। न्याय लक्ष्य के विरुद्ध खड़ी होनेवाली स्थिति में पलायन न करना क्षत्रिय धर्म है।
- **दान :** मुक्त हस्त से दान कर लोकप्रिय बनता है। न्यायप्रिय क्षत्रिय द्वारा असहाय लोगों की मुक्त हस्त से सहायता करना अपेक्षित है।
- **शौर्य :** स्वयं पूर्ण पराक्रमी, किसी के सहायता की आवश्यकता नहीं।
- **तेज :** अपने गुण प्रभाव से अन्यों को विस्मित करता है।
- **ईश्वर भाव :** यह सर्वश्रेष्ठ गुण है। स्वयं के सामर्थ्य पर दृढ़ विश्वास और इसी के कारण दुर्बलों के मन में भी आत्मविश्वास का संचार करा सकता है। इसे ईश्वर भाव कहते हैं।
- **वैश्य कर्म :** निर्माण करना, व्यापार करना, कृषि करना, गौ रक्षा करना और धन कमाना, यही उसके स्वाभाविक कर्म हैं। अपने कमाए धन में समाज का भी हिस्सा है, यह स्वीकार कर समाज हेतु उपयुक्त कार्य हेतु धन का उपयोग करना।
- **शूद्र कर्म :** परिश्रम करना, सुविधा निर्माण में शक्ति लगाना। श्रेष्ठ जनों की सेवक के रूप में सेवा करना। आत्मनिरीक्षण द्वारा प्रत्येक व्यक्ति ने अपना कर्म निर्धारित करना चाहिए। किसी को भी किसी को कर्म के आधार पर अनादर भाव से देखने का अधिकार नहीं है। ईश्वरार्पण भाव से समाज की सेवा करते हुए प्रत्येक मनुष्य को आत्मविकास और पूर्णत्व प्राप्ति के लिए साधनारत रहना चाहिए, यही अपना प्राचीन दृष्टिकोण है।

२७. विहित कर्म का भाव : स्वयं का स्वभाव और विकास की क्षमता को पहचानकर अपना स्वाभाविक कर्म निश्चित कर उसका पालन करना चाहिए। प्रत्येक मनुष्य को अपने स्वभाव के अनुरूप कार्यक्षेत्र का चयन कर कार्य करते हुए सुख, संतोष और पूर्णता का अनुभव करना चाहिए।

- **स्वकर्म ही ईश्वर पूजन :** जब मनुष्य अपने स्वभावानुसार और अपनी आवश्यकतानुसार (छात्र, गृहस्थी आदि) कर्म करता है, तब उसकी अन्यान्य अपेक्षाओं का क्षय होना प्रारंभ होता है, इसी से शक्ति और शुद्धि संभव होती है; परिणामतः अहंकार को त्यागकर ईश्वरार्पण भाव से काम करना उसका स्वभाव बन जाता है।
- **परधर्म से स्वधर्म श्रेष्ठ :** मनुष्य के मन स्नेह, राग द्वेष के कारण उसे अपना कर्म गुणहीन और दूसरों का कर्म श्रेष्ठ लगने लगता है। मन में भावना जगती है कि अपने कर्मों को, यानी स्वधर्म को छोड़कर परधर्म यानी दूसरों के कर्म करने में मन प्रवृत्त होता है। परंतु मूल स्वभाव के अनुरूप न होने के कारण असफल होता है। स्वधर्म पालन से नवीन बंधनों से जकड़नेवाली इच्छाएँ उत्पन्न नहीं होतीं, संकटों में भी स्वधर्म नहीं त्यागना चाहिए।

२८. वैराग्य : सांसारिक जीवन तथा कर्तृत्व से दूर भागना संन्यास नहीं है। संन्यास का अर्थ है शरीर, मन और बुद्धि इत्यादि द्वारा होनेवाले कर्मों के साथ तादाम्य, एक रूप हो जाते हैं, उस तादात्म्य का त्याग करना। जब आत्मस्वरूप का विस्मरण होता है, तब कर्तव्य, भोक्ताभाव, अभिमान इत्यादि का उदय होता है। इन भावों का ज्ञान-प्राप्ति से विनाश होता है, तब अपने परिपूर्ण 'सच्चिदानंद' स्वरूप का अनुभव होता है।

- **गुरु कृपा :** जब कर्म ज्ञान जाग्रत् अथवा प्राप्त होता है, अभिमान समाप्त हो जाता है, तब शेष कमियाँ, अज्ञान श्रेष्ठ मार्गदर्शक की कृपा से मार्गदर्शन से दूर हो जाता है।
- **संन्यास :** कर्ता, कर्म और कार्य, जो अज्ञान के कारण होता है, वह सब ज्ञान के कारण समाप्त हो जाता है, यही संन्यास है।
- **नैष्कर्म्य :** जब जाग्रत् होते हैं तो स्वप्न की घटना अर्थहीन हो जाती हैं, वैसे ज्ञान प्राप्ति से अज्ञान समाप्त हो जाता है और बुद्धि सभी प्रकार की आसक्ति से मुक्त हो जाती है। यह वास्तविक 'नैष्कर्म्य सिद्धि' है। साधना से संपन्न व्यक्ति ही इसे प्राप्त करता है। क्रियाशून्य की अवस्था ही नैष्कर्म्य है।

- **परम सिद्धि :** गंगा का समुद्र में मिलना, यह गंगा की अंतिम अवस्था वैसे ही ज्ञान से अज्ञान दूर हुआ, बाद में वह ज्ञान भी जहाँ विलीन हो जाता, वहीं परम सिद्धि अवस्था कहलाती है।
- **आत्म सिद्धि :** क्रियाशून्य अवस्था के बाद कुछ कर्तव्य दोष नहीं रह जाता, ऐसी स्थिति जिसे प्राप्त नहीं होती, ऐसा साधक श्रेष्ठ सद्‌गुरु के बोधवचन से उसी क्षण ब्रह्मरूप हो जाता है।

२९. आत्म-साक्षात्कार की साधना : निषिद्ध कर्म के न करने से रज, तम गुणों का प्रभाव वैसे ही समाप्त हो जाता है। स्वधर्म का पालन करते हुए उसे ईश्वरार्पण कर साधक वैराग्य भाव का बनता जाता है और आत्म-साक्षात्कार की योग्यता प्राप्त करता है, ऐसी घड़ी में सद्‌गुरु का दर्शन होता है और आत्मज्ञान की प्राप्ति होती है।

३०. कैवल्य : आत्मज्ञान से वैराग्य की अवस्था आती है और केवल 'ब्रह्म' एकमात्र सत्य शेष सभी असत्य है, यह भाव स्थिर हो जाता है। उस अवस्था में जागृति, स्वप्न और सुषुप्ति—तीनों अवस्था शेष नहीं रहतीं। जो शेष रहता है, उसे 'कैवल्य' कहते हैं। साधक वैराग्य भाव से विवेक रूपी ज्ञान से आत्मानंद का आनंद अनुभवने लगता है। वहाँ तक पहुँचने का क्रम समझना होगा।

३१. सिद्धि प्राप्ति का क्रम : विवेक, बुद्धि धृति और अखंड योग साधना, इन सबके साथ प्रारब्ध भी चाहिए। इष्ट-अनिष्ट घटनाएँ होती रहेंगी, परंतु मन में किसी प्रकार का विषाद खेद न करते हुए और आनंद का अनुभव देनेवाले प्रसंग आएँगे, उसकी इच्छा न रखते हुए, राग-द्वेष मन में न रखते साधनारत रहना चाहिए।

- **एकांतवास :** कोलाहल से दूर, शम और दम का अवलंबन और मितभाषी रहकर सद्‌गुरु के मार्गदर्शन का ही चिंतन करना।
- **मिताहार :** शरीर सशक्त बने, जिह्वा को आनंद प्राप्त करना इसी उद्‌देश्य से सामान्य जन आहार लेते हैं। साधक केवल जठराग्नि शांत रहे, इसी उद्‌देश्य से आहार करते हैं, अल्पाहार से संतुष्ट होते हैं।
- **सभी प्रकार का संयम :** निद्रा, आलस्य आदि शरीर को सुख प्रदान

करनेवाली बातों से दूर रहता है। मन के धरातल पर ऐसा प्रवेश नहीं होने देता है, ऐसा संयमपूर्ण जीवन साधना पथ पर प्रशस्त करता है।

- **ध्यान :** ध्यान से ध्येयत्व प्राप्त करता है, ध्यान ऐसी श्रेष्ठ पद्धति है। ध्यान साधना से ध्येय, ध्यान और ध्याता एकरूप होते हैं।
- **योगाभ्यास :** कुंडलिनी जाग्रत् होकर मध्यमा नाड़ी के माध्यम से षड्चक्रों को भेद कर सहस्त्रार तक पहुँचती है और वहाँ पर जो अमृत-सिंचन होता है, उसे मूलबंध तक ले जाने का कार्य होता है। योग साधना से यह साध्य होता है और ध्यान से यह संभव है।
- **वैराग्य :** सोऽहं इस वृत्ति तक पहुँचने के लिए जिसने मोक्ष का मार्ग तय किया है, उसमें वैराग्य भाव सहायक होता है।
- **योग वीर :** वैराग्य युक्त, विवेक की प्रखरता है तो किसी प्रकार के बाह्य सांसारिक जीवन से साधक प्रभावित नहीं होता, ऐसा साधक योग वीर कहलाता है।

३२. योग मार्ग के विरोधक : अहंकार, इंद्रियों का सामर्थ्य, दर्प, क्रोध ये योग मार्ग से साधक को भटकाते हैं। अत: साधक को सजग रहने की आवश्यकता है। परिग्रह साधक के विरक्त भाव को आह्वान करता है, ममत्व (अपनापन) बढ़ाता है। यह ममत्व वन में रहनेवाले, कठोर तपाचरण करनेवालों को भी प्रभावित करता है। मेरा मठ, मेरे अनुयायी यह भाव विकसित करता है, सुरक्षित करता है।

३३. आत्मबोध : प्रसन्नता, अहंकार और उसकी अभिव्यक्ति के परित्याग से साधक का मन शांत होता है। प्रयत्नपूर्वक प्राप्त की गई शक्ति स्वरूपानुभव से स्वाभाविक बन जाती है। साधक में यदि वैराग्य के संदर्भ में कुछ कमी रह गई तो मन में भोक्तृत्व का अभिमान उत्पन्न हो जाता है, इसी के कारण साधक पुन: भोगों में आसक्त हो जाता है। अत: कर्तृत्व और भोक्तृत्व इन दोनों का नाश होना अनिवार्य है। आत्मबोध की अवस्था में शुद्ध और स्थिर मन शांत और प्रसन्न हो जाता है। विवेकी स्वरूप का भाव बनाए रखने में साधक जितना समर्थ होता है, उतना ही उसका अंत:करण शांत होता है।

- **सर्वत्र समभाव :** समभाव की प्राप्ति से मिलनेवाला आनंद और

अप्राप्ति से होनेवाला दु:ख शेष नहीं रह जाता, साधक को चाहिए कि वह बाह्य विषयों के बारे में निरपेक्ष होता जाए।

३४. भक्ति उदय : जागृति आने पर स्वप्नावस्था समाप्त हो जाती है और वह अकेला रह जाता है, वैसे ही ईश्वर के अतिरिक्त और अन्य कुछ नहीं ईश्वर ही ईश्वर है, ऐसा भाव दृढ़ होता है, इसे ही भक्ति का उदय हुआ है, ऐसा मानते हैं। आर्त, जिज्ञासु और अर्थार्थी, तीनों की तीन प्रकार की भक्ति होती है और ऊपर वर्णित भक्ति का चौथा प्रकार है। जो जहाँ जैसा सोचता है, वैसा ही देखता है, यह भक्ति ही है।

- **उत्तम भक्ति के प्रकार :** आर्त भक्त की आर्तता, जिज्ञासु की जिज्ञासा, अर्थार्थी में अर्थ, ये भक्ति के अभिधान हैं। भगवान् कहते हैं, ऐसे अज्ञान के कारण मुझे दृश्य रूप (मूर्ति) बना देते हैं। अत: उत्तम भक्ति चौथे प्रकार की होती, जिसका वर्णन पहले आया है भक्ति उदय में।)

३५. अद्वैत भक्ति : ईश्वर के साथ एकात्म होकर बाह्य रूप का दर्शन करता है, तब दृश्य और देखनेवाला, यानी दृष्टा भेद ही समाप्त हो जाता है। ईश्वर सर्व दूर है, सर्व व्याप्त है, ऐसा भाव बनता है तो बाह्योपचार का कोई महत्त्व नहीं रहता।

३६. अद्वैत अवस्था में कर्म : शरीर स्वभाव से कर्म तो करेगा, परंतु जब वहाँ पर भी ईश्वर है, यह भाव विकसित होकर कर्म से एक रूप हो जाता है तो कर्म और कर्ता में भेद शेष नहीं रहता और कर्ता को कर्तृत्व का अभिमान भी नहीं रहता, समस्त कर्म करके भी न करने जैसा ही रहता है।

३७. अद्वैत भक्त का कर्म : गीता का तत्त्वज्ञान अत्यंत जीवंत और शक्तिशाली है। गीता के अनुसार केवल निष्क्रिय समर्पण अथवा कर्मकांड का अनुष्ठान ही भक्ति नहीं है। कर्तृत्व और भोक्तृत्व के अभिमान का परित्याग कर ईश्वर से तादात्म्य स्थापित करना भक्ति है। ज्ञानी पुरुष को आत्मानुभव के पश्चात् पुन: व्यावहारिक जगत् में आकर कर्म करना चाहिए। भगवान् के अनुसार धर्म की पूर्णता केवल विषयों से विरक्ति और निज अनुभूति ही नहीं है। काया, वाचा और बुद्धि से भक्ति से ईश्वर के सान्निध्य में रहता है और

यदि उसके द्वारा अभावितता से निषिद्ध कर्म हो जाता है, अथवा शुभ-अशुभ कर्म होते हैं तो उसका परिणाम नहीं होता, उसे 'सायुज्य' अवस्था प्राप्त होती है। इसमें अधिक प्रसन्नता किसमें है ?

३८. कर्म संन्यास की पद्धति : जब भगवान् कहते हैं कि 'समस्त कर्मों का संन्यास मुझमें करो' तो इसका अर्थ है कर्म में कर्तृत्व का अभिमान और फलासक्ति का त्याग कर 'ईश्वरार्पण' भाव से कर्म करो।

- **मत्पर भाव :** जिसका परम लक्ष्य परमात्मा ही है, वह मत्पर कहलाता है। जीवन का लक्ष्य 'परमात्मा' हुए बिना 'ईश्वरार्पण' की भावना नहीं आ सकती।
- **बुद्धि योग :** कर्मयोग में भावना का महत्त्व होने से भगवान् ने उसे ही बुद्धि योग की संज्ञा प्रदान की है।
- **मचित्त भाव :** जिसका मन परमात्मा में स्थित है, वह मचित्त है। कर्म संन्यास करके 'मत्पर बनो', पहले यह कहा गया और अब 'मचित्त भाव' शब्द से भक्ति को सूचित किया है।

३९. हृदयस्थ ईश्वर तत्त्व : ईश्वर ही विश्व का नियामक और नियंता है। अतः उसका स्मरण विश्व के शासक के रूप में करना है। ईश्वर का स्मरण, यानी केवल सगुण-साकार का नहीं, ईश्वर तो भूतमात्र के हृदय में निवास करता है, अंतर्यामी है। उसकी पहचान हृदय में ही हो सकती है। हृदय यानी शारीरिक अंग रूप हृदय नहीं। दर्शनशास्त्र में 'हृदय' का अर्थ लाक्षणिक है, शाब्दिक नहीं। प्रेम, करुणा, धृति, उत्साह, कोमलता, क्षमा जैसे दैवी गुणों से संपन्न मन ही हृदय कहलाता है। ऐसा हृदय सारे शरीर का संचालन करता है। शरीर यंत्र है, उस पर बैठा हुआ 'जीव' चैतन्य है और चैतन्य का संचालन ईश्वर के द्वारा होता है। अतः कर्तृत्वाभिमान छोड़कर कर्म प्रकृति के अधीन ऐसा मानकर और प्रकृति भी हृदयस्थ ईश्वर के अधीन है, ऐसा मानना चाहिए।

४०. अज्ञान की समाप्ति : आशाएँ ही दुःख का कारण, दुर्भाग्य के कारण दारिद्र्य, धर्म-अधर्म से स्वर्ग-नरक, इन सबका कारण अज्ञान ही है। अतः जब अज्ञान शेष नहीं रहता, अपने आप अन्य सभी विषय समाप्त होते

हैं और 'ईश्वर' के अतिरिक्त कुछ शेष नहीं रहता, जैसे निद्रा समाप्ति के साथ ही स्वप्न भी समाप्त हो जाते हैं।

४१. ज्ञानमुक्त शरण : भगवान् कहते हैं, अपना भिन्नत्व छोड़कर केवल 'मुझे' (ईश्वर) ही जानना-समझना ही ज्ञानयुक्त शरण है। समुद्र में गंगा मिलने के बाद गंगा अलग नहीं रहती।

४२. गीता का माहात्म्य : गीता वेदों का मूल सूत्र है, पवित्र है, क्योंकि भगवान् ने स्वयंभू इसका कथन किया है। बीज में वृक्ष रहता है, परंतु दिखाई नहीं देता, वैसे ही गीता में वेदयुक्त ज्ञान है।

४३. १८ अध्यायों का सारांश :

१. शास्त्रारंभ की प्रस्तावना बीज रूप में शास्त्र कथन।

२. कर्मयोग जैसे साधन बिना ज्ञान योग से भी मोक्ष की प्राप्ति होती है, यह सूत्र रूप में वर्णन।

३. अज्ञान से बद्ध ऐसे साधकों को कर्ममार्ग साधन का वर्णन है और देहाभिमान छोड़कर शास्त्रानुसार कर्म करें।

४. जो मुमुक्षावस्था में पहुँचता है, उसे सब कर्मों को ब्रह्मर्पण की बात कही गई। कर्मयोग का आचरण करते हुए ईश्वर का भजन-पूजनादि करना चाहिए।

५. पाँचवें अध्याय से ग्यारहवें अध्याय में विश्वरूप के दर्शन तक वर्णन, स्वकर्म से भजन पूजन इत्यादि कहा गया, अतः ये सारे अध्याय गीता के देवता कांड हैं।

६. बारह से पंद्रह, चार अध्यायों में श्रेष्ठ और प्रिय भक्त के लक्षण, ज्ञान के लक्षण इत्यादि का विस्तार से वर्णन आता है, ये सब साधक को परिपक्व बनाने हेतु हैं। अतः यह चार अध्याय ज्ञानकांड कहलाते हैं। कर्मकांड, देवता कांड और ज्ञान कांड ये वेद गीता के रूप में प्राप्त हुए हैं, तीनों कांडों से मुक्त श्रुति कहती हैं, साधक इसका अध्ययन कर मोक्ष प्राप्ति का मार्ग प्रशस्त करें।

७. अज्ञान ज्ञान का शत्रु होता है, वह अज्ञान क्या है? इसका वर्णन सोलहवें अध्याय में आता है।

८. सत्रहवें अध्याय में अज्ञान की पराजय कैसे होगी, इसका विवेचन है।

९. अठारहवें अध्याय को कलशाध्याय कहते हैं। एक से सत्रह अध्यायों में जो तत्त्वज्ञान कहा गया है, उसके निष्कर्ष इस अध्याय में हैं। हमारा भाग्य है कि अमृत रसपूर्ण यह ज्ञान हमें प्राप्त हुआ, इस शास्त्र को समझकर तदनुसार आचरण में लाएँगे तो ही इस ज्ञान का लाभ है। अन्यथा दैवयोग से उच्च प्रति की गौमाता प्राप्त होने के बाद दूध दोहन नहीं जानते तो क्या लाभ है। केवल गुरु की प्रसन्नता और उनके द्वारा प्राप्त ज्ञान पर्याप्त नहीं, उसका फल तभी प्राप्त होता है, जब अनुयायी तदनुसार आचरण जीवनशैली अपने व्यवहार में लाता है। उसे सांप्रदायिक कहते हैं। वह संप्रदाय क्या है, यह भी जानना आवश्यक है।

४४. गीता संप्रदाय : यह ज्ञान उसी के लिए है, जो साधक तप करता है और भक्त है। जो ईश्वर से असूया करता है, यानी ईश्वर में दोष देखता है, उसके लिए यह ज्ञान नहीं है।

- **तप रहित :** शरीर-मन-वाणी का संयम यही तप है, संयम रूपी तप से ज्ञान ग्रहण करने की मानसिक और बौद्धिक क्षमता बढ़ती है। इसलिए तपरहित व्यक्ति के लिए यह ज्ञान नहीं है।
- **अभक्त :** तपयुक्त हो, परंतु भक्त न हो तो उसके लिए भी यह ज्ञान नहीं है। ज्ञान-प्राप्ति हेतु लक्ष्य के साथ तादात्म्य भी साधना पड़ता है। भक्ति के बिना तादात्म्य संभव नहीं।
- **अशुश्रुषु (सेवा में अतत्पर) :** यदि साधक तपस्वी है, भक्त है, परंतु सेवा में संकोच करता है तो वह भी योग्य नहीं कहा जा सकता।
- **असूया अथवा दोष देखनेवाला :** जो लोग ईश्वर, गुरु और शास्त्र प्रमाण में दोष देखते हैं। वे आत्मज्ञान कैसे प्राप्त कर सकते हैं?

४५. गीता प्रवचन का फल : 'ॐ' यह वेदों का बीज मंत्र है, जो गीता के रूप में विस्तारित हुआ है। गायत्री श्लोक रूप में हमारे सामने आई, उसी गायत्री का रहस्य गीता में प्रकट हुआ, वहीं गीता भक्तों को ईश्वर से भेंट कराती है और भक्त देह की समाप्ति के बाद ईश्वर रूप हो जाता है। अतः जो

लोगों को गीता शास्त्र समझाता है, वह ईश्वर को परम प्रिय लगता है। ईश्वर के भक्तिभावपूर्ण अंतःकरण से जो गीता श्रवण करता है, वहाँ श्रोताओं के समूह का भूषण होता है। जो गीतार्थ रूपी मिष्टान्न को संत, सज्जनों को परोसता है, उसे ईश्वर अपने हृदय में स्थान देता है।

४६. गीता अध्ययन : गीतार्थ का अनुभव लेकर जो फल ज्ञानी जन प्राप्त करते हैं, वह ही फल गीता वाचक को मिलता है। इस संदर्भ में 'गीता' कोई भेदभाव नहीं करती।

४७. गीता श्रवण : जो शुद्ध आस्थापूर्वक, श्रद्धा से गीता पाठ श्रवण करते हैं, वे सब प्रकार के पापों से मुक्त हो जाते हैं। गीता का अक्षर-अक्षर कानों के माध्यम से हृदय तक पहुँचना चाहिए। ऐसे श्रोता स्वर्ग से होकर ईश्वर से एक रूप हो जाते हैं।

४८. भगवद् गीता के अंतिम श्लोक में संजय कहते हैं, जहाँ भगवान् श्रीकृष्ण यानी ईश्वर है और धनुर्धर अर्जुन जैसा भक्त है, वहीं पर विजय, विभूति और ध्रुव नीति है। संपूर्ण गीता में भगवान् श्रीकृष्ण चैतन्य स्वरूप आत्मा के प्रतीक हैं। सारे विश्व का अधिष्ठान वह 'आत्मतत्त्व' ही है। गीता में वर्णित किसी भी विधि से अपने हृदय में उपस्थित आत्मतत्व का साक्षात्कार किया जा सकता है। गीता में अर्जुन 'एक भ्रमित परिच्छिन्न, असंख्य दोषों से युक्त जीव' का प्रतीक है। परंतु जब वह धनुष्य धारण करके अपने कार्य के लिए तत्पर हो जाता है, तब हम उसमें 'धनुर्धारी पार्थ' के दर्शन करते हैं। जो सब प्रकार की चुनौतियों का सामना करने के लिए तत्पर हो जाता है। इस प्रकार श्रीकृष्ण और धनुर्धारी अर्जुन का चित्र जीवन-पद्धति का रूपक पूर्ण हो जाता है।

□

पसायदान

आतां विश्वात्मके देवे, येणे वाग्यज्ञे तोषावे,
तोषोनि मज द्यावे, पसायदान हे॥ १॥

भावार्थ—हे विश्वरूपी ईश्वर,आप मेरे वाणी रूपी यज्ञ से संतुष्ट होकर मुझे प्रसाद प्रदान करने की कृपा करें॥ १॥

जे खळांचि व्यंकटी सांडो, तया सत्कर्मी रती वाढो,
भूतां परस्परे जडो, मैत्र जीवांचे॥ २॥

भावार्थ—दुष्ट लोगों की दुर्भावना नष्ट हो और उनके सत्कर्म करने की प्रवृत्ति बढ़े सारे विश्व चराचर में इतनी निभाओ प्रवाहित हो और सारे जीवों में मित्रता बढ़े॥

दुरितांचे तिमिर जावो, विश्व स्वधर्म सूर्ये पाहो,
जो जे वांछील तो ते लाहो, प्राणिजात॥ ३॥

भावार्थ—पाप भावना रूपी अंधकार नष्ट हो। विश्व में स्वधर्म रूपी सूर्य का उदय हो। सभी प्राणियों की सभी मनोकामनाएँ पूर्ण हो॥ ३॥

वर्षत सकळ मंडळी, ईश्वरनिष्ठांची मांदियाळी,
अनवरत भूमंडळी, भेटतु भूता॥ ४॥

भावार्थ—संपूर्ण जगत पर मांगल्य और कल्याण की वर्षा करने वाले ईश्वरनिष्ठ संत जन विपुल मात्रा में इस भूमि पर अनवरत आते रहे और वे सभी प्राणियों से मिलते रहे॥ ४॥

चला कल्पतरूंचे आरव, चेतनाचिंतामणींचे गाव,
बोलती जे अर्णव, पीयूषांचे॥ ५॥

भावार्थ—संतजन लोग तो ऐसे उद्यान की तरह आते हैं जिसमें सारे वृक्ष कल्पतरु हैं। ये लोग ऐसे गाँव की तरह भी होते हैं जिसमें सारे पत्थर इच्छापूर्ति करने वाले चिंतामणि रत्न की तरह है और उनके शब्द अमृत से भरे हुए महासागर के समान है॥ ५॥

चन्द्रमेंजे अलांछन, मार्तण्ड जे तापहीन,
ते सर्वाही सदा सज्जन, सोयरे होतु॥ ६॥

भावार्थ—यह संत जन निष्कलंक चंद्रमा और शीतल सूर्य के समान होते हैं । और ये सारे प्राणियों को निकट संबंधियों की तरह लगते हैं॥ ६॥

किंबहुना सर्व सुखी, पूर्ण होवोनि तिहीं लोकी,
भजिजो आदिपुरुषीं, अखण्डित॥ ७॥

भावार्थ—तीनों लोकों में सारे प्राणी सुखी रहे और वे आदि पुरुष को अखंड भजते रहें, सदैव ईश्वर की भक्ति करें॥ ७॥

आणि ग्रंथोपजिवीये, विशेषी लोकी इये,
दृष्टादृष्टविजये, होआवेजी॥ ८॥

भावार्थ—इस ज्ञानेश्वरी ग्रंथ को अर्थात भगवद् को अपने जीवन का आधार माननेवाले लोग इस जगत के दृश्य और अदृश्य भोग की प्रवृत्ति पर विजय प्राप्त करें॥ ८॥

येथ म्हणे श्री विश्वेश्वरावो, हा होईल दानपसावो,
येणे वरे ज्ञानदेवो, सुखिया झाला॥ ९॥

भावार्थ—इसके उपरांत विश्व के ईश्वर ने ज्ञानेश्वर से कहा है कि जिस प्रसाद की तुमने प्रार्थना की है वह फल तुम्हें अर्थात विश्व को अवश्य प्राप्त होगा। ऐसा वरदान प्राप्त कर ज्ञानदेव जी सुखी और संतुष्ट हो गए॥ ९॥

ईश्वर का सर्वव्यापित्व

१	मनुष्य शरीर	हृदयस्थ आत्मा	१६	नाग	शेषनाग
२	अदिति द्वादश पुत्रम	विष्णुरूप	१७	जलचर अधिपति पितर	वरुण देवता अर्यमा पितर
३	ज्योति	किरण रूप	१८	शासन कर्ता	यमराज
४	वायु देवता	तेज	१९	दैत्य	प्रह्लाद
५	नक्षत्र	चंद्रमा	२०	गणना (क्षण, घड़ी, दिन, पक्ष, मास, ई.)	वेळ
६	वेदों में	सामवेद	२१	पशु	मृगराज, सिंह
७	इंद्रियों में	मन	२२	पक्षी	गरुड़
८	प्राणीमात्र में	जीवनशक्ति	२३	पवित्र करनेवाला	वायु
९	देवता	इंद्र	२४	शस्त्र धारण	श्रीराम
१०	एकादश रुद्र	शंकर	२५	जलचर	मगर
११	यक्ष-राक्षस	कुबेर	२६	नदी	श्री भागीरथी गंगा
१२	अष्ट वसु	अग्नि	२७	(सृष्टि का आदि-अंत-मध्य ईश्वर है)	
१३	उच्च पर्वत	सुमेरु पर्वत	२८	विद्या	अध्यात्म विद्या
१४	पुरोहित	बृहस्पति	२९	वाद-विवाद	तत्त्व
१५	सेनापति	स्कंद	३०	अक्षर	अ कार

३१	जलाशय	समुद्र
३२	महर्षि	भृगु
३३	शब्द	एकाक्षरी 'ॐ'
३४	यज्ञ	जप यज्ञ
३५	स्थिरता	हिमालय
३६	वृक्ष	पीपल
३७	गंधर्व	चित्ररथ
३८	सिद्ध पुरुष	कपिल मुनि
३९	अश्व	उच्चै:श्रवा
४०	हाथी	ऐरावत
४१	मनुष्य	राजा
४२	शस्त्र	व्रज
४३	गाय	कामधेनु
४४	शास्त्रोक्त संतति	कामदेव
४५	सर्प	वासुकी
४६	विजयाकांक्षी	नीति
४७	गुप्तता	मौन

४८	समास	द्वंद्व समास
४९	अक्षय काल (कालों का काल)	महाकाल
५०	नाश करने में	मृत्यु
५१	धारण – पोषण	करनेवाला ईश्वर
५२	उत्पत्ति हेतु स्त्रियों में कीर्ति (श्री, वाक्, धृति, स्मृति, मेधा, क्षमा)	
५३	गायन योग्य श्रुति	ब्रह्मत्साम
५४	छंद	गायत्री
५५	प्रभावी पुरुषों में	प्रभाव
५६	जीतनेवालों में	विजय
५७	निश्चय करनेवालों में	निश्चय
५८	सात्त्विकों में	सात्त्विक भाव
५९	कृष्णवंश (यादवांतर्गत)	वासुदेव
६०	पांडव	धनजंय
६१	मुनि	वेदव्यास
६२	कवि	शुक्राचार्य
६३	ज्ञानवंत	तत्त्वज्ञान
६४	दमन करनेवालों में	दमन करने की शक्ति

□

अनुक्रमणिका

□□□